KATSUSE MASAHIKO
カツセマサヒコ

Kizu
to
Amagasa

傷と雨傘

マガジンハウス

傷と雨傘

しんどい人生の中にある
『捨てたもんじゃない』と
思える瞬間。

序文

眠れない夜や起きられない朝には絶望が忍び寄って、私やあなたを痛めつけている。社会はいつも私たちを主人公にはせず、地球というこの不完全な球体の上、退屈や窮屈や羞恥や嫉妬や暴力や差別や搾取で、私やあなたを殺そうとしてくる。

助けを求めようとしてもこの星は、私たちを一つのパーツとしてしか捉えてくれない。たとえ死んでも平常運行して、昨日と変わらない、「何もない一日でした」とカウントする。

つまりそれは、誰も特別じゃないということ。
ならば、誰もが特別であるということ。

そう勘違いしたい。私もあなたも、特別で、全員が主人公になる。決められた台本はなく、好き勝手に演じる。時には、自分の嫌いな人間にもなる。好きだった人にひどい言葉を投げかけてしまったり、大切な人に不義理をしたりする。誰かの恋敵となり、子から嫌われる親になり、世界に絶望したりする。

それでも、愛すべき、愛されるべき存在として、ここにいる。時には、大盛りのカップラーメンを平らげ、友人のかけがえのない親友役に選ばれ、嬉しくて泣いたり、悲しくて笑ったりする。

この星は大きな劇場。違うのだけれど、そう仮定して。ならば太陽と月はスポットライト。海や木々は音を立てて、神が宿る舞台装置。感情が波立つたび、光が反射して、傷も痛みも映し出す。寂しさや後悔さえも、くっきりと輪郭を見せて、私やあなたの顔を覗《のぞ》き込む。

無限に分岐を続ける人生。そのうちわずか、34名分。
私やあなたも抱えているような、それぞれの傷と、雨傘となる言葉を集めて、小さな一歩に迷ったり、踏み出したりする物語集ができました。

どうか、どうか。
あなただけの傷や　痛み　寂しさよ、誰かをまもる　雨傘になれ

Contents

01

笑わせてくれて、ありがと

人並みに恥の多い生涯を送って来た自信がある。

そして私は、今日もその記録を鮮やかに更新してしまった。

職場に、好きな人がいる。彼はどの角度から見ても美しく、色気と才気に満ちていて、吸い寄せられて花が咲きそうなほど甘いにおいがする。彼がコピー機の前に立つたび、私の心はその長身細身のスーツ姿に見惚《みと》れて悶《もだ》え苦しみ、たちまち心まで溶かされてしまう。同じフロアにいるだけで空気が浄化される気がする。が、これは、恋、とは違うのだ。彼には手が届くわけないし、そもそも私は認知すらされていない。

だから、推し。

佐藤《さとう》くんが幸せでいてくれれば私はそれだけで嬉しいし、佐藤くんを好きな人間として恥ずかしくない行動をしようと、毎日背すじを伸ばして生きることができる。ありがとう、佐藤くん。

そんなふうに、彼と同じ職場で働けることを日々感謝しながら、個人的にはややブラックではないかと思う仕事を、その日もこなしていた。

事件が起きたのは、昼休みである。満員の社員食堂。なんとなく体に良さそうだからと、昨日と同じように大して味のしない野菜定食を頬張っていると、佐藤くんのインスタグラムのストーリーズがポツリと更新された（私は佐藤くんだけをフォローしている匿名推し活アカウント：サト垢を持っているので、佐藤くんからの供給はかなり迅速にキャッチすることができる）。

『社食でいっつも野菜定食食べてる人おるけど、なんかそういうの、良い。ころころ変えないところに、人間が詰まってる感じがして、良い』

ばきゅーーん。

本当にそういう音がして、私の心臓は鋭く撃ち抜かれた気がした。思わず両手を胸に当てたが、幸い出血はしていない。

これ、もしかして、私のこと？

いつも彼の視界に入らないよう、気を付けながら佐藤くんを観察していたはずだし、佐藤くんはほぼ毎日、同期の重松《しげまつ》（体格がやたらデカくていかにも営業職って感じの雰囲気なのに、なぜか経理部）とご飯を食べるから、その重松の視界にすら入らないように最適な距離を取ってテーブルに着くようにしていたのに、どうして、バレたの……？

推しに認知された喜び。それに勝る戸惑い。しかも、こんな私を「良い」と言ってくれたなんて。これは、夢？

いやいや。待て。と、心は右手を挙げる。舞い上がりすぎだ。毎日野菜定食を頼む人なんてほかにもいくらでもいる。いつも佐藤くんをおかずに白米を食べるほど彼だけ見ているから気付かないだけで、この食堂は二百人も入れるのだ。私だけを認知するなんて、あり得ない。

いつも日替わり定食を頼んで、魚の種類に一喜一憂する佐藤くんは可愛い。

しかし、その佐藤くんが私の野菜定食を見ているなんて、そんな都合のいいことは絶対に起こり得ない。

はい、考えすぎ。忘れよう。いきますよ、一、二、ポカン！　と、脳内で一人首脳会議を開いていたら、昼休みを終えるチャイムがとっくに鳴っていたようだった。その音にも気付かなかったようで、しっかりと妄想世界に浸っていた自分に呆《あき》れる。

どれほどボンヤリしていたのだろうと、時計を見ようとした。そこで、私は、あるにおいを嗅いだ。

これ、佐藤くんのにおいじゃん。

「職場、戻らないんですか？」

ずきゅーーーーーん。

今度こそ、絶対に鳴った。体の真ん中に、大きな銃声が響いた。

佐藤くんが、話しかけてくれている。やっぱり私を、認知してくださっておられる。今度こそ間違いないと、全細胞がこの状況を肯定した結果、私の肺は、喉は、口は、これまでにない大きな声量を獲得して、体の奥底から叫んでいた。

「野菜定食を毎日食べていて、すみません！」

自分でも、何を言ったのか、よくわからなかった。短い沈黙が生まれて、しかし、すぐに笑い声が聞こえた。その声は、残念ながら、佐藤くんのものではなかった。

「あの、野菜定食毎日食ってんの、俺っすよ」

重松。重松が、佐藤くんの後ろで、嬉しそうに笑っていた。

＊

た。


「流石にウケすぎるんだけど、それ、本当の話？」

すべてが崩壊したあと、私は耐えきれなくなって、カヨコを居酒屋に呼び出した。

向かいの席に座ったカヨコは、私の過去最大クラスの恥辱を聞いて楽しそうに笑ってい

「あのさ、こっちは本当に死にたくなってんのよ。なんか励ましてよ」

「いや、だって、もうアホすぎて。無理、ほんとほっぺた痛い」

カヨコの目尻に涙が見えた。そんなに楽しいか！　人の不幸を食い物にしよって！

しかし、こういう話を笑って聞いてくれるから、古くからの友人を呼んだのだった。高校時代から愚痴を吐き合う仲であり、私のどんな恥ずかしい面を見せても笑ってくれるだけのこの存在が、今となっては有難い。

「あーもう最悪すぎる。ひたすら死にたい。嘘であってほしい。夢であれー、消えてくれー」

両手で顔を覆いながら嘆くと、カヨコは再び声に出して笑う。

「アンタ、こんなに笑えるネタを手に入れたんだから、最高だよ、最高」

「いや、私、お笑い芸人じゃないから」

そう言いながら、まあ、カヨコとだったらコンビを組んでもいいなとは思う。どっちが

ボケとかツッコミとかじゃなくて、片方が言ったことに対して、もう片方がゲラゲラと笑ってくれる。そんな関係のコンビは、なんとなくいいよな、とは、思う。

「人生の黒歴史とか、他人からしたら喜劇でしかないでしょ。それをすぐに披露してもらえたんだから、私は幸せだわ」

「採れたてすぎて、さすがにしんどいんだけど」

そう返した後、いつの間にか自分もちょっと笑えてることに気付く。

「でもまあ、笑ってくれてありがと」

「いやこっちこそ。笑わせてくれて、ありがと」

そうしてまた、カヨコが乾杯を促してくれる。

明日からの会社が憂鬱すぎるけど、全部こうやって、笑われるんじゃなくて、笑わせるつもりで、自分から過去にしていくしかないのだ。

腹を括《くく》る代わりに、カヨコには今夜は終電まで付き合ってもらうと決めた。

02

偶然がいくつか重なると、奇跡や運命みたくなる

居酒屋チェーンのホールスタッフとしてアルバイトをしている。炭火の焼き鳥をメインメニューにした、まあそこらへんでよく見かける感じの店だ。俺はその日も、閉店ギリギリまで店に残ってた。フロアにはゲラゲラと笑い声を上げるOLらしき女性客が二人だけいて、さっきからものすごいペースで酒を煽《あお》っている。芋焼酎の、水割り。グラスを交換するたびに「次はもっと濃いやつにしてください」と注意するように言ってくるから、なんかムカついていた。

そういう客に限って、なかなか帰らないんだ。耐え忍んでようやくラストオーダーだと伝えたら「もう閉店? じゃあ、これを三杯ずつ」と、焼酎がたっぷり入ったグラスを悪

気ない顔で指差された。

——さっさと帰ってくれれば、俺も早く上がれるのに。

バイトは時給制だから、長く働くほど稼げるのはわかってる。だけど、二十三時を迎える手前。お笑い芸人みたいにボケてはツッコみ、酒焼けした声で笑いあっているアラサー女子二人のためだけに働くには、深夜手当込みで時給１４５４円はちょっと安すぎる。

結局、その二人が帰ったのは「そろそろ閉店の時間ですので」と二回告げたあとで、俺は会計が終わるなり急いで片付けを済ませて、店を出た。

スニーカーの靴紐《くつひも》が片方ゆるんでいる。でも、結び直している余裕はない。駅に向かってひたすら走る。リュックの中の筆箱や教科書、ｉＰａｄが、ガチャガチャとシェイクされる音を立てた。

前方から、さっきの女性客二人組の笑い声が聞こえた。まだ笑ってんのかと呆れた。そんなに楽しかったのだろうか。いいなあ。俺は今日、大学で出席カードも受け取れなかったし、終電も逃しそうだし、本当にいいことがなかった。

二人の声を追い抜いて、地下鉄の入り口に潜る。時計を見る暇すら惜しい。通い慣れたから肌感覚でわかるけど、この感じは、終電にギリギリ間に合うかどうか、瀬戸際のやつだ。

改札を抜けて、くだりエスカレーターまで走る。長いエスカレーターを二つ抜けると、ようやくホームがある。一つ目を降りようとしたところで、絶対に聞きたくなかった、電車の発車音が聞こえた。

ほら、やっぱり、間に合わない。

*

バイト先から家まで、深夜料金のタクシーに乗ると六千円はかかる。ってことは、今日バイトしたぶんの給料が、ほとんどタクシー代に消えることになる。そんなバカらしいことってある？　いつも一回は頭で計算したあと、歩いて帰るか、誰かの家に泊めてもらうことを考える。でも、こういう時に限って、友達は誰もつかまらない。

なんかもう、全部諦めようと思って、仕方なく自宅方向へブラブラと足を進めていた。その途中の景色を、ふと写真に撮って、ＳＮＳに投稿する。

〈終電過ぎると、本当に人がいない〉

二十四時過ぎのＳＮＳは眠りたくない人たちで溢《あふ》れていて、だからきっと俺の写真は、その人たちにも見えてる。だけど、誰もリアクションはしてくれない。そうやって全部、俺という存在は透明になって、改札機が切符を通すように、自然と素通りされていく。

家に帰っても一人だし、着いた頃には夜も終わりかけているかもしれない。始発が動くまでファミレスで時間を潰してもよかったけど、なんか負けた気がするから、意地でも歩いて帰ろうと決めた。

それで、せめて腹を満たしたくて、コンビニに寄った。ホットコーヒーと菓子パンを持って、レジに向かう。バックヤードから金髪の女性店員が出てきた。たぶん、俺と同世代。

「二点で、486円になりまーす」

やる気のない低い声。レジ袋が必要かどうかも聞かなかった。でも、この時間ならそれもわかる。むしろ、ダルい時間に来てごめん。

千円札をトレイに置いた。店員がそれをレジに入れると、ガガガと機械の動く音がして、自動的に釣り銭が出てくる。

店員の手から、それを受け取ろうとした。その時だった。

「あ」

金髪の店員が、接客マニュアルにはない声を出した。

「どうしたんすか?」

「いや、めっちゃ、綺麗」

「え？」

手のひらを見る。女性店員の細くて白い手の上で、いくつかの小銭がキラキラと輝いている。

「ほんとだ」

たぶん、今年できたばっかりの小銭。五百円玉も、十円玉も、一円玉さえも、光を強く反射して、輝いている。

店員はそれをじっと見て、

「レアですね」って、小さく言った。

「え？　あ、はい」

「うん。めっちゃレアかも」

なんだか嬉しそうで、それがちょっぴり、怖いくらいだった。所詮、小銭じゃん。

「新しいお金、好きなんですか？」

「いや、そうじゃなくて」

女性店員は少し笑って、それでようやく俺は、この人はレジ打ちマシンじゃなくて、ちゃんと人間なんだって、そんなことを思った。その笑顔には、体温があった。

「なんか、偶然が重ならないと、こうならないじゃないですか。偶然でしかないんだけど、でも、その偶然がいくつか重なると、奇跡や運命みたくなるんだなーって。お兄さんがこのタイミングでパンとコーヒーを買わないと、これも見られなかったんだなーって」

なんつって。と、彼女はピカピカの釣り銭を俺に手渡した。お釣りは機械を通ったからか、それとも店員さんの手に留《とど》まっていたからか、まだわずかに温かかった。

偶然は偶然。奇跡なんてない。

そう思うこともできるけど、平日の真夜中くらい、誰かが戯《ざ》れ言を言ってても許される世界がいいって、俺はそう思った。

03

生きるの辞めないかぎり、ほかはいくら辞めてもいいよ

〈終電過ぎると、本当に人がいない〉

ＳＮＳのタイムラインを眺めていたら、ポエムみたいな投稿が写真付きで流れてきた。真夜中の大通りを写した写真は赤信号と車のライトがやけに幻想的で、決して綺麗ではないんだけど、嫌いじゃないと思えた。

こんな人、フォローしてたっけ？

プロフィールをタップすると、好きなアーティストの名前が列挙されている。そのラインナップが、私とほとんど一緒だった。確か、年下の男の子だったな。前に投稿を遡ったときに、自撮りを上げているのを見た。顔がとびきりタイプってわけじゃなかったけど、

別に嫌いでもなかったから、一応フォローしたんだっけ。

久しぶりに見た気がして、投稿内容を遡ってみる。前につぶやいたのは、二カ月以上前だった。あんまり更新しないアカウントなんだ。そう思うと、たまたま彼を見られた今夜は、ちょっとラッキーな気もする。

写真から、投稿者の状況を想像する。

こんな真夜中に一人で歩いているのだろうか。それとも、友達や彼女といるのだろうか。もしかしてこのツイートは「匂わせ」で、実はこの写真自体、今日よりずっと前に、好きな人の横で撮影したものだったりするのだろうか。

そこまで妄想したところで、ふと気持ちは、現実に引き戻される。

——いつまでたっても身に付かないなら、この仕事、向いてないんじゃない？

先輩の放った辛辣な一言が、ハッキリと、耳の奥を刺した。

昼に、得意先へのプレゼンがあった。競合コンペ。つまり、プレゼン内容を比較して四社のうち一社だけが仕事を受注できるっていう、うちの会社にとってもかなり重要なプレゼン。

それに、先輩と参加していた。もちろん、社会人二年目の私なんかが出る幕じゃない。プレゼンテーションは、先輩がやる。私は事前に資料を用意して、それを配っちゃえば、あとは見ているだけ。先輩のプレゼンは本当にわかりやすいし、おもしろいし、なんだかワクワクするから、この会社と仕事がしたいって、きっとどんな人も思ってくれる。そういう魔法みたいなものを、先輩は自在に操るからかっこいい。

「デザインソフトを軽く触れます」と配属時に見栄を張ったのがきっかけで、部内のプレゼン資料の多くは、私が作成することになった。最終的には先輩たちに確認してもらっているけれど、その確認も、一年も経てばおざなりになって、あくまでも形式上チェックしてもらっている状態にすぎなかった。

今思えば、そんな状態でいたからこそ、事故が起きた。

資料は、昨夜の時点で完成していた。先輩からもらった情報をキレイに整えるだけの、カンタンなお仕事。今回も過不足ないものができたから、それを送って安心しきっていた。

問題が起きたのは、先方の会議室に着いてからだ。

「これ、ページがバラバラじゃないですか？」

得意先の人数分プリントアウトしろ、と言われた資料。それを配り終えて、ようやくプレゼンが始まろうとしたところだった。

得意先からの疑問の声に、慌ててページをめくる。三ページ目までは、きちんと順番に並んでいる。でも、そこからがどうもおかしい。いきなり六ページ目に飛んだりしている。隣に座る先輩の資料も確認する。そっちは、二ページ目からもう、違うページが当てこんである。

どうして、こんなことに？

プリントアウトして、それらをホチキス留めする過程でおかしくなったに違いなかった。もちろん、それらのホチキス留めも全て私がやったから、これは、私のミスでしかない。最初に刷った二部まではページ数も全て合っていたから、安心しきっていたのだ。

先輩が笑いに変えながらなんとかフォローしてくれたけど、プレゼンは序盤から最悪のムードだった。

途中で使用していたグラフのミスもわかって、あれも私が確認していれば、事前に防げた。

そして帰り道、先輩に言われた。

「この仕事、向いてないいんじゃない？」

そんなの、わかってる。てゆうか、別に私は、プレゼン資料を作るためにこの会社に入ったんじゃない。ただ先輩みたくなりたくて、カッコよく働く人に憧れて、頑張っていたのに。

今日だけじゃなかった。入社してから今まで、たくさんのミスを積み重ねた。今日はそれらが、頭の中でお祭りみたく騒いでいる。

向いてない、向いてないって、そいつらが私に訴えてきていた。

「もう、辞めちゃおうかなあ」

ベッドで仰向けになり、気持ちを宙に投げる。

頭の中では、さっきまで見ていた真夜中の大通りの写真が浮かんでいた。

あの写真は、自由になりたいって、そう訴えているように感じた。

もう一度SNSを開こうとしたところで、急に低い声がした。

「いいんじゃね？　しんどかったら、辞めても」

突然のことに、飛び上がりそうになる。

声のする方を見たら、スーツ姿の兄が、部屋の入り口に立っていた。

「……いきなり入ってこないでよ」

「ドアを開きっぱなしにしているお前が悪い」

くたびれたジャケットと、酔ってはいなさそうな顔色。今日も、遅くまで働いていたのだとわかる。兄も、本当によく働く人だ。

「俺も、すげー疲れたから共感できるけど」

部屋の入り口に寄りかかりながら、兄は続けた。

「生きるの辞めないかぎり、ほかはいくら辞めてもいいよ。たぶん、それでもどうにかなるよ」

わずかな沈黙が、横切った。そのあいだに、小さく息を吸った。

「そんなの、無責任に言うことじゃないよ」

辞められるなら、それでも生活に些細《ささい》な影響もなく生きていけるなら、もちろんそうしてる。そんな簡単じゃないから、今もこうして苦しんでるんだ。

兄はジャケットを脱ぎながら続けた。

「気休めにでもなればと思って言ってんだよ。何事も、二歩手前がいいだろ」

「なに、二歩手前って」

「ストレス爆発する、その二歩手前。駅のホームから飛び降りる、その二歩手前。別れに向かう、その二歩手前。一歩手前じゃ、もう助けられないこともあるって話だよ」

だから、二歩手前でいるうちに、助けは求めてくれってこと。

最後は独り言のように小さくそう言って、兄が部屋から去る。

実家から遠く離れたこの街は、立ち止まることを許さない。今日も私は、兄の優しさに支えられながら、ギリギリのところでなんとか生きている。

04

隣の芝が青く見えたら、人生よそ見している証拠

俳優になりたかった。テレビや映画に主演で登場するような、誰もが知っているすごい俳優に。

俺にそんな夢を抱かせたのは、間違いなく、母親だった。

母は、俺のことをとにかく褒めた。些細なことでも褒めて、決してけなすことはなかった。妹よりも俺に甘く、多少の失敗なら大体のことは許してくれた。

その中でもとくに褒めたのが、容姿だった。

「いつか、芸能人になるかもねえ」

俺の頰や髪を触りながら、母親は言った。そして俺は、真に受けた。いつかは芸能人、

俳優になるのだと思って、生きてきた。母親はドラマが好きだったから、いつかドラマに出られる俳優になろうと、幼いながらに決めた。

高校を卒業したタイミングで、上京した。東京に行けば、スカウトされる確率も上がるし、オーディションの数も圧倒的に多いと、ネットで調べたからだった。

俺の上京を、母親は反対した。今思えば、その頃には母も、俺にそこまで輝けるほどの才能がないと気付いていたのかもしれない。しかし俺は、いつかテレビ画面越しに元気な姿を見せることを約束して、実家を離れた。小さな事務所に所属しながら、いくつものオーディションを受けて、業界関係者がよく通うバーでアルバイトをした。

この街で、たくさんの人と出会った。でも、誰も立ち止まってはくれなかった。夢は、三年、五年、八年経っても叶わず、十年が経ち、二十八になったときに、溶けた。

それまで、夢というものは、諦めたり捨てたりするものだと思っていたけれど、俺の場合は「溶ける」が正しかった。周りが所帯持ちになったり、実家に帰ったりしていく中で、自分も「マトモな人間」になりたくなった。大きな夢を語るより、日々をきちんと生きている人の方が何倍も偉いと思った。そんな大人になろうと考え始めたら、胸の中に轟々《ごうごう》と燃えていたはずの夢は、いつしか溶けて、消えていた。

アルバイトとして働いていたバーの常連に、人材紹介会社で働く人がいた。その人が勤め先を斡旋《あっせん》してくれて、ある制作会社の契約社員になった。

仕事は、きつかった。

世の中が長時間労働に警鐘を鳴らすようになったなか、人目につかず、脇目もふらず、ひたすら働き続けている会社だった。鏡に映る自分の顔は一気にやつれて、目の下のくまは、濃くなっていくばかりだった。

それでも、踏ん張った。

「マトモ」でいたい一心で、摑《つか》んだ細い糸を手放さぬよう、耐えていた。そのまま三十歳を迎えて、初めて正社員になれた。相変わらず仕事は厳しかったが、東京で、ようやく生きていける気がした。

ある日、正社員になったことを家族に告げたら、妹が家に転がり込んできた。妹は、俺が家を出た三年後には上京していたが、住んでいたシェアハウスが息苦しくなったらしく、一緒に暮らさないかと提案してきた。

「婚期を逃しそうだ」と、お互いに笑いながら、それでも、家に帰れば身内がいることはありがたかった。お互い限界が近いだけかもしれなかった。

仕事は相変わらず、終電過ぎまで働いてばかりだった。妹もまた、ハードな職場にいるようだった。疲れ果てて帰った夜、妹の部屋の扉が開いていて、中を覗くと「辞めたい」

と独りごちる姿があった。

適当に慰めたあと、自室に戻ってベッドに倒れ込む。携帯を見ると、古い友人から連絡が届いていた。

俳優を目指していた当時、一緒に浅い傷を舐《な》め合って過ごした女だった。

何年ぶりかもわからない飲みの誘いを、断る理由はなかった。約束した日に居酒屋に向かうと、以前と変わらぬ彼女の姿があった。

「今度、映画の主演決まったの」

一杯目のビールに口をつけるより早く、彼女は言った。わざと挑発するような、強い目をしていた。彼女が主演を務める映画は、監督の名前も、配給会社の名前も、知る人ぞ知る、才能に溢れた人たちが集まる会社だった。

「まじ？　本当に？」

おめでとう、より先に疑ってしまった自分が、恥ずかしかった。でも、まさか、三十を過ぎて、花開くことがあるなんて。

「私だって、まじ？　って思ったよ。でも、本当なの。お祝いして？」

「おめでとう」

「ありがとう」

笑ったときに吊《つ》り上がる口角が、とても綺麗だった。笑顔が特徴的な人だったと、ようやく思い出した。

「本当にすごい。諦めずに続けて、きちんと叶えたんだ」

「ね。自分でも驚いてるけど。役者志望の人なんて、みんな辞めていったもんね？」

彼女の立場を思えば、必ずや、「まだ続けるのか？」と嫌味も言われたはずだ。それでも、彼女は諦めずに、夢を溶かさずに、走り抜けたのだ。

「なんで、続けられたの？」

素朴な、ダサい質問だった。でも、彼女は嫌な顔をしなかった。

「私ね、視野が狭いの」

「視野？」

「視野が狭いと、周りの幸せとか、不幸とか、そういうの、見ている余裕がないから」

彼女は手のひらで自分の顔を囲って、視界を狭くしてみせた。

「だから、私は自分の幸せのことしか考えないで生きてきたし、これからもたぶん、そうなんだよね。隣の芝が青く見えたら、人生よそ見している証拠」

へへ、と、彼女は笑った。その不敵な笑顔に、大きな敗北感すら覚えていた。

「そっちもさ、正社員やってんでしょ？　それ、すごいことだよ。だから、私を見て『やっぱり役者やればよかった』なんて思わないでよ。まっすぐ生きてる、自分の人生を誇ってよ」

彼女は強くそう言った。俺は、無性に強い酒が飲みたくなった。

今まで認めないようにしてきたけれど、やっぱり自分は、夢から逃げた人間でしかなかったのだ。夢はずっと同じ場所にあったのに、目を背けたのも、見ないふりしたのも、自分でしかなかった。その事実を、いま彼女ははっきりと、俺に突きつけた。

不思議と、未練はなかった。彼女は、俺の「もしも」を叶えた人間であって、俺の人生は、そうではなかった。それだけのことなのだと、予想外にすんなりと現実を受け入れられていた。

ただ頭の中には、さようなら、という言葉だけが、ぷかぷかと優しく浮いていた。

別れを告げたくなっていた。彼女ではなく、過去の自分に。

溶けたはずの夢はそこにあって、でももうそれも、過去のものだ。これからは、前だけを向けばいい。彼女のように、視野を狭くして、自分の未来だけを睨《にら》み続ければいい。

「ありがとう」

無意識に、そう言葉にしていた。

「何が?」と彼女が、首をかしげる。

「なんでもないんだ」

そう、本当にこれはなんでもない、俺のただの決意だ。

05

言い訳がうまい人はみんな大人

「ねえ、何見てるの？」

できるだけ自然に話しかけたつもりだった。撮影現場は次のシーンに向けて準備が進められていて、出演者用の折りたたみ椅子に座った綾子《あやこ》ちゃんは、私に目を向けることなく口を開いた。

「マークスゲームＴＶ」

画面に映っているＹｏｕＴｕｂｅｒの名前だと、認識はできる。でも、そこから話を広げられるような引き出しを私は持っていない。綾子ちゃんの顔はスマートフォンに向けられたままで、まるでこの世の全てはただの暇つぶし、とでも訴えているかのようだった。

出演CMの共演者に、十歳の女の子がいる。そう聞いたときから、嫌な予感はしていた。なぜなら私は、子供が苦手だから。

幼少期を振り返れば、自分が厄介な子供だったことは明白だった。すぐに親や先生に口ごたえするし、大人の嘘を見抜くのがうまかった。自分だって子供のくせに、他の子供がただただ幼く見えて、いつも自分だけが冷めていた。

そういう自分が大人になったとき、多くの子供というものは、大人が理解できない言動を繰り返す奇妙な生き物だと思うようになった。ある程度の歳月をかけて、徐々にヒトになっていく。それまでは近づかない方がいい、と。

だから、三十二歳の今まで、できるだけ子供に近づかずに生きてきた。それがお互いにとっての最善の距離だと信じながら。

「そのマークスゲームTVって、綾子ちゃんの学校でも流行ってるの？」

子供嫌いの私が、先ほどから無謀にも十歳の子供に話しかけ続けている。もちろん、好き好んでやっているわけじゃない。ただ、待機しているこの時間に共演者と親しくなっておくことが、このCMの主役である私の責務だと思うからだ。

「あー、周りはよくわかんない」と、弱冠十歳の共演者は変わらず画面を見たまま答えた。

なんなん、その態度。と、思わず口に出そうになる。突発的に頭に駆け上がってくる怒りをなんとかやり過ごすと、「そっかー」と、陽気に応えた。

そうして、ただ気まずい待機時間が終わって、次のシーンに向かう。綾子ちゃんは名を呼ばれるより早く立ち上がり、指定された場所に歩いていく。私もその後に続いていると、なんだか保護者にでもなった気分がした。

こちらでお願いしますと案内されたのは、ファストフード店のカウンター席を模したセットだ。綾子ちゃんと並びで座ると、先ほどよりも距離が近くて、ますます気持ちのやり場に困る。

早く終わってくれないか。

小さくため息をついた矢先、綾子ちゃんが言った。

「早く終わってくれないか、って顔するのやめた方がいいよ」

自分の瞳がビー玉にでもなって、飛び出すかと思った。じっと綾子ちゃんを見つめて、いや、睨んでいたかもしれない。自分の内心を読まれたことを確認した。

「そんな顔、してるように見えた?」

どうにか笑顔を浮かべてみる。しかし、それでも演者か? と自ら蔑みたくなるほど、うまく笑えない。

「すっごくつまんなそうだった。それ、クライアントも見てるし、やめた方がいいよ」

十歳の女の子の口から「クライアント」なんて言葉が出てくるとは思わず、思わず笑ってしまう。この子はこうやって大人の世界でずっと生きていくのだろうか。それは果たして、まともな人間の道なのだろうか。

「全然、そんなつもりないんだけどなあ。楽しいし、撮影」

見抜かれた本心を隠すようにしながら、笑顔を貫いてみる。

「美味しくもないハンバーガーを美味しい！　って言うの、楽しいの？」

綾子ちゃんは、壁に向かって話すように言った。マイクも付けられていない今なら、私以外の誰にも会話の内容は聞こえない。そうわかった上で発せられた声だと気付いて、怖くなった。

「綾子ちゃん、すっごい大人だねえ」

本音だった。感心するよりも、嫌悪する気持ちを込めて言った。なぜなら綾子ちゃんの言い草は、過去の自分に少し似ていたから。

「なんで？　私、めちゃくちゃ子供じゃん」

「いや、大人だよ。子供は、そんな考え方しないよ」

だからあなたは、苦労するでしょ。そこまで言いたかったけど、言葉をのみ込んだ。綾子ちゃんは、ふーん、と言ってから、やはり壁を見て言った。

「恵子《けいこ》ちゃんも、子供みたいだからいいと思ったのに」

「え？」

子供の頃からずっと大人だった私に、何を言い出すのだろう？　次の言葉を待っていると、途端に綾子ちゃんは饒舌《じょうぜつ》になった。

「本当の大人はね、つまらないときも、楽しそうな顔ができるし、本当の気持ちも、もっと上手に隠せるんだよ。言い訳も、もっと上手。言い訳がうまい人はみんな大人。私も恵子ちゃんも、ずっとつまんないって顔してるから、まだまだ子供だよ」

一瞬、呆気《あっけ》に取られてから、私は笑った。その笑いは、演技とか建前とかそういう「大人の振る舞い」が一切ない、ただ愉快で、嬉しくて、楽しい、そういう笑いだった。

「私、ずっと子供だったんだ？」

「そうだよ。なんで恵子ちゃんは大人なのに子供なんだろうって、ずっと思ってた」

「あははは、そっかあ。ごめんね、なんかごめん」

私は、子供。言い訳が下手で、不機嫌も隠せない子供。冷めたふりしているだけの子供。

そう自覚した途端、なんだか少し、胸のつかえが取れて、息がしやすくなった気がした。

ずっと苦しかったのだと、そこで初めて、私は気付いた。

06

それって、誰にとっての正解？

「おつかれさま」ってママが言って、いつもみたいに頭を撫《な》でてくれる。機嫌も良さそうだから、きっと今日も上手にお芝居ができたんだと思う。

「よくがんばったね。帰りになんか、買ってあげようか」

「ううん、いらない」

欲しいもの、とくにないし。何かを欲しいと思ったことなんか、そもそもあんまりないし。

タクシーに乗せられて、ふたりで家まで帰る。パパの帰りは今日もきっと遅くて、ママは私のマネージャー業で忙しい。だから、帰ったらまたＹｏｕＴｕｂｅ見たり、漫画読んだりして、出前で夜ごはん、って感じだ。

「今日のやつ、たくさんテレビで流れるみたいだよ」

ママがノートパソコンを開いたけど、横からは覗き見できないシートのせいか、画面は真っ暗なままだ。

「よく撮れてたかな?」

「だいじょうぶ、上手だったから。ハンバーガーもポテトも、とっても美味しそうだったよ」

「よかった」と言うと、ママが、また私の頭を撫でた。

どうしてか、最近はその行為が、ほんの少しだけ気持ち悪く感じるときがある。

CMのためのハンバーガーは、美味しくはなかった。でも本当は、食べることができてちょっと嬉しかった。ママはあんまり、ハンバーガーやポテトを食べさせてくれない。私のことを大事な商売道具って思ってるから、体に悪いと言われそうなものは、よく調べもせずに食べさせないようする。

「ママ」

「なあに?」

「あしたは、学校行ける?」

できるだけ不自然にならないように聞いた。ママの目は、パソコンの画面から離れない。口だけを動かして、

「うん、いいよ」と言った。

＊

「綾子ちゃん！」

呼びかけられて、その声だけで嬉しくなっちゃう。ひさびさに聞く、ユキちゃんの声。

「ユキちゃん！　久しぶりー！」

「久しぶりー！　元気だった？」

ユキちゃんがランドセルを下ろす前に話しかけてくれて、それだけで、かたーくなっていたはずの私の体は、すぐふわふわに柔らかくなる。乾燥機から出したての大きなバスタオルみたいに、包まれる。

「綾子ちゃん、すごいいろんなところで見るよ。めっちゃ見る」

それぞれランドセルを置くと、またすぐにユキちゃんが嬉しそうに話しかけてくれて、なんだかそれは、ママが喜んでくれるよりもずっと大事なことのように思える。

「今度、テレビCMに出るよ」

言った途端、これは自慢みたいに聞こえないかと、不安になる。でも、ユキちゃんはすぐに「え！　すご！　絶対見る！」と喜んでくれて、やっぱりすごく安心した。

「でもさあ、綾子ちゃん、今よりも学校来れなくなっちゃうんじゃない？」

ユキちゃんが少し退屈そうな顔をして、私の胸に何かが刺さる。

「ね。ほんと。つまんないね」

仕事も好きだけど、学校の方が好き。

ずっと思っていて、でも、ママには言えていないこと。ママは、学校にも許可を得ているからって私に芸能活動を優先させるけど、そこに私の気持ちはたぶん、入ってない。

「ユキちゃん大変そう」

「うんー。なんか、大人の考えてることを考えなきゃいけないから、やだ」

「やめたいって思う？」

「んんー、どうだろう。でも」

「でも？」

「これが正解って思う」

「正解？」

「うん」

ユキちゃんが、私よりおっきい目を、こっちに向けた。

「それって、誰にとっての正解なの？」

誰にとっての？

「え？」

「えっと、綾子ちゃんと、ユキの正解は違うと思うし、綾子ちゃんのママの正解も、綾子ちゃんと違いそうだから、誰の正解？　って」

「え、どういうこと？」

私とママの正解は、違う？　そんなことがあるの？

「ないよ。ないない。ママは私のためにって言ってたよ」

「でも、綾子ちゃんはそれが正解だと思う？」

そんなの、ママがそうしろって、私のために言ってるんだから。

そう思っているはずなのに、うまく言葉が出てこなかった。

「前にね、道徳の授業でやったんだ」

ユキちゃんは、私がなにも言わないのを確認してから、先生みたいな口調で続けた。

「どうして大人も子供も、喧嘩しちゃうのか。その原因を考えてみようって。そしたらね、誰かの正解は、ほかの誰かの不正解の場合もあるからなんだって。それで、みんな一緒に喜べる正解なんて、本当はあんまりないんだって」

「そうなの？」

「うん。ともだちと喧嘩してるときって、自分が正しいってみんな思ってるでしょ？　最初から自分が間違ってるとわかってて喧嘩してる子なんて、いないじゃん？」

本当だ。確かに、そうだ。

「だから、それぞれの正解は違うこともあって、自分の正解を持ちながら、ほかの人の正解も認めてあげるのが大事だよーって、先生言ってたよ」

私の正解。それは、ママが考えてる正解と、違うもの？

考えると、ふわふわして怖くて、でも、なぜかワクワクもして。私は、この気持ちにきちんと向き合わなきゃいけないかもって、なんだかそう思った。

チャイムが鳴って、先生が入ってくる。

久しぶりの学校だ。まずは思いっきり楽しんで、そのあと、もう一度考えてみよう。

私だけの正解が、本当にあるのかどうかを。

07

君は過去の言いなりになってはいけない

思い出してしまうのは、十代の記憶。

大雨の中、誰にも助けを求められず、暗い夜道を歩いていた時間。

あの頃の私に、「自由」という言葉は存在しなかった。六人兄弟の一番上の子として生まれたけれど、父は家のことをほとんど何もしない人だったから、母は六人の子供をワンオペで育てなければならなかった。当然、手は足りなくて、結果的に、長女の私はもう一人のお母さんになった。中学に上がる頃には、家族全員分の簡単な料理を作れるようになっていたし、オムツ替えや沐浴《もくよく》、離乳食を作って食べさせることもできるようになった。

高校入学と同時に煙草を吸うようになったのは、ストレスが限界に近かったからだ。時間もお金も、私にはなかった。自分の席の周りで、親からもらったお金でクレープを食べに行くクラスメイトがいると、異国にでも迷い込んだ気分になった。

「お金がかかるから、お母さんも働くね」

高校一年の秋に、母はそう言った。すぐに痩せ細り始めた母も、父と同じくらい、家から出ていくことが増えた。

家族のためだから。それが、母が、ことあるごとに私に放った言葉だった。家族のためだから、我慢してね。いい子にしててね。

ある夕暮れ。大雨の中、一人でスーパーから帰ってきたら、猛烈な悪寒がして、体がずしりと重くなった。脇に挟んだ体温計には、三十九度八分と表示されていた。

父も母も、帰りは遅いことがわかっていた。朦朧《もうろう》とする意識の中、五人の妹や弟が、お腹を空かせて私を見ていた。倒れるわけにはいかなかった。

それが、家族のためだから。

母の声が、呪いの言葉のように再生された。

みんなで一緒に死にたい。初めてそう思った。

あの大雨の中、ずぶ濡《ぬ》れの体を引きずっていた自分が、今も脳裏で、泣きだすこともできずに、そこにいる。

＊

「わたし、はいゆうさんになりたい」

自宅で、テレビを見ていたときだった。映画の番宣のためにバラエティ番組に出演していた俳優を指して、「この人は何してる人？」と、娘の綾子が私に尋ねた。当時はまだ五歳だったが、綾子はその俳優をはっきりと認識して、こういう人になりたい、と、確かに意思表示したのだった。

それが、我が子の願いなら、絶対に叶えなければならない。

その使命に気付いた途端、私は自分の体の奥底から、これまで感じたことのないほど大きな力が湧き出てくる感覚を覚えた。熱は指先まで届き、耳の端が赤くなるのを感じた。

この子のために、私は生きてきた。

直感で、それがわかった。あの絶望ばかりの人生を生き抜いた理由は、この子の未来のためにあったのだ。

その日から、私は変わった。

私の天命は、この子の夢を叶えること。そのためなら、どれだけ傷ついても、嫌われても、構わない。そう覚悟を決めて動いた。マネージャーとしての腕を磨き、綾子には俳優としての生き方を教え続けた。どうしたらこの子が最短距離で夢を叶えられるか、それだけを考える日々が始まった。

あれから、五年。最初は反対気味だった夫も、とうとう何も言わなくなった。綾子は理想的なルートを辿《たど》り、とうとうテレビCMにまで抜擢《ばってき》されるようになった。私もマネージャー業に慣れてきたところがあり、いよいよここからだ、と思い始めたある夜のことだった。綾子が寝静まってから、珍しく早く帰ってきていた夫が言った。

「綾子は、君の操り人形になってくれているだけだよ」

食器を洗いながら言ったその言葉は、それこそドラマかCMの台詞のような、演技じみたものに思えた。

「君の壮絶な過去を、僕も見ている。幼馴染《なじ》みだからね。だからわかる。君は、親から受けた抑圧を、別の形で自分の子に押し付けている。綾子は賢いから、それに従うのが一番、家族が円満でいられる方法だってわかっている。だから、演じているだけだよ」

唖然《あぜん》とした。今まで何も口を出さなかったのに、何を、今更と思った。

「そんな言い方なくない？　私がこれまで、どんな」

「わかるよ。ごめん。わかるんだ」

夫が、皿を洗う手を止めた。

「思い出してほしいんだ。『あなたのため』とキツく言われたことの大半は、決して自分のためにならず、その言葉を使った人の利益のためでしかなかったことを。そして、君が最近、その言葉ばかり使うようになっていることを。一度、自分の中で、『本当にそうなのか？』って考えてみてほしいんだ」

「そんなの、だって、そもそもあの子が、俳優になりたいって望んだから」

「その望みの大きさや、強さや、覚悟の度合いを知っているのは、綾子自身だけだよ」

そんなの、屁理屈だ。叶えたい夢があるのなら、支援するのが親じゃないか。私はそうしてもらえなかったから、自分の子には叶えたくて、ただ。ただ。

「君は、過去の言いなりになってはいけない。もうとっくに君は大人になって、自分の人生を歩んでいるんだから、子供に自分を託すんじゃなく、自分の人生の中で、自分のために生きるべきなんだ」

何も。何も私たちのことを、知らないくせに。そう言いたくても、言葉にできないのは、夫の言うことが、理解できてしまうからだろうか。悔しいはずなのに、どうしてか、頭に浮かぶのは、あの大雨の中、やっと泣けた十代の自分の姿だった。

子供部屋から、音がする。たぶん、綾子がまたＹｏｕＴｕｂｅでゲーム実況を見ている。本当は、あの子の将来のことを考えて、映画を観させたり、本を読ませたりしたいと、今も考えてしまう。

あの子のため。未来のため。

母も私も、そう言って、自分の娘をコントロールしたかっただけなのだろうか。

じゃあ、今の綾子は、本当は何をしたい？　私の声を無視したら、何を欲しがってくれる？

家にいるのに、妙に空気が冷たかった。明日になったら、もう少し、この家も温かくなっているだろうか。肩の力が抜けた途端、自分がずっと、心を張り詰めて過ごしていたことに気が付いた。

08

嬉しいと悲しいは、思ったよりも近くにある

「なんかこのチャンネル、牧村綾子《まきむら》が見てるらしいっすよ」

カメラのセッティングに手こずっている富田《とみた》が、こちらの気を紛らわせるように言った。

目線はデジタルカメラに向けられたままだ。

「え、牧村綾子って、子役の？」

「そう。天才子役」

「本当に？　なんか、ちょっと意外だね」

「ですよね？　あ、ですよねってことはないか」

「うん、そこはツッコむべきだったと思う」

二人で軽く笑い合ってから、富田は、カメラの準備できました、と言った。

「では、本番でーす。いつもどおり、ユルっとお願いしまーす」

「はーい」

深呼吸して、背すじを伸ばす。腹に力を溜《た》めて、一気に声に乗せた。

「マークスゲームTVへようこそ！　人生は退屈、部屋は窮屈、それでも元気な、マークスでーす」

はい、いつもどおり。天才子役が見てたとしても、こちらがやることは変わりはしない。この時間も、誰かの暇つぶしになるだけ。

*

ゲーム実況をメインとしたYouTubeチャンネルが少し売れ出したのは、一年くらい前からだ。

会社員生活にも飽き飽きしていて、酔った勢いでチャンネルを立ち上げた。登録者数が五人もいれば、それだけで誰かと繋《つな》がっていられる気がして、そんな低いモチベーションで活動を始めたのだった。

当然、しばらくは鳴かず飛ばずの状態が続いていたけれど、試しに韻を踏みながらゲーム実況をやってみたところ、脱力しているテンションが、わずかにウケた。それを、たまたま売れかけのお笑い芸人が真似したところから、流れが変わった。オリジナルとして俺が紹介されるようになって、急激に登録者数が増えていった。流れに乗るように投稿頻度を上げていき、気が付けば四十万人を超えるユーザーが俺のチャンネルを登録している。

半年前から、ネットとはいえ顔が表に出てしまったこともあり、本業の不動産会社を半ば強制的に辞めることになった。いよいよYouTuberとして食っていかなきゃいけなくなって、地元の後輩だった富田をバイトで雇うようになり、今に至る。

こんなにも、夢や希望を持たずにYouTubeに動画をアップしている人間なんて、あんまりいないと思う。

＊

「なんか、昨日の動画のコメント、みんな泣いてますよ」

明日のぶんの動画の編集を終えて、次の企画会議に移る直前。富田が不思議そうに言った。画面に張り付くように顔を近づけて見ていたPCを、こちらにも向けてくれる。

・人生そのものすぎて涙が止まらない
・まさかマークスで泣くとは
・自分の過去を思い出して涙腺崩壊
昨日の動画についていた、コメントだった。確かに、いつもと様子が違って、泣いた、という感想が多く見られた。

「生い立ちの話が、良すぎたんですよ」

富田が淡々と言った。彼の発案で、泣けると評判の古いＲＰＧをやりながら、自分の生い立ちを話してみた。

こっちは今更なんの感慨も湧かないが、どうやらそれが視聴者にはウケたようで、コメントだけでなく、再生数もいつもよりもかなり伸びていた。

「人の不幸は、そんなに甘いんかね」

「いや、これは共感してるって感じじゃないですか？」

「みんな、毒親でしんどかったってこと？」

「全員がそうとは言わないですけど、でも、子供の頃に生きるの辛かった人って、ずっとそのこと忘れないですから」

そう言われて、確かに、とも思った。

俺は、父親から暴力を振るわれ続けて育った。酒とギャンブルに溺れて、仕事もろくに続かない父親だった。母親は、実の子供である俺が殴られ始めると、すぐにトイレに籠もった。団地の、狭い家だったから、どの扉も壁も薄くて、どこにいたって俺が殴られる音は聞こえていたはずだった。

あの頃は、ずっと怯《おび》えていたし、ずっと憎んでいた。早く別の世界に行きたいと思っていたら、ある夏の夜、父親が、アルコール中毒で急逝した。

別の世界に行ったのはあいつだけで、俺と母親の手元には、借金だけが残った。

そんな日々を淡々と語っていたら、ゲームの中でも大切なキャラクターが死んだりしていて、確かに人生を歩んでいるような気分にはなった。

「ただの暗い回だった気がするんだけど」

「でも、きっと、嬉しかったんですよ」

「そんな回が？　悲しくならん？　あんなの聞いても」

そう尋ねると、富田は少し困った顔をしてから、

「たぶん、嬉しいと悲しいは、思ったよりも近くにあるんですよ」

と誤魔化すように言って、小さく笑った。

「俺、嬉しいなあって思うことがあると、これがピークかもって思って、悲しくなっちゃ

うんですよね。あと、ラッキーなことがあると、次は絶対にアンラッキーがくるなあって思ったりとか」

「あー、それ、わかる」

「でしょ？　きっと、マークスさんの話は、嬉しいと悲しいが、ちょうど混ざったところにあったから、みんなもそういう気持ちになったんじゃないすか」

そういうもんか、と、独りごちた。

「さあ、次回も天才子役に意外と刺さりそうなやつ、作っていきましょう」

富田が笑いながら言って、俺もその声に釣られて、思わず笑う。

片手間で始めた動画投稿だけど、必要とされてるうちは応えてみたいと、今日はそう思えた。

09

あなたはいらない。指だけ欲しい

ゲーム実況を見ていたら、ハンバーガーのCMが流れてきて、無性にそれが食べたくなった。正確には、ハンバーガーよりもその横に映っていた、大量のポテトに惹《ひ》かれた。ポテト。ファストフード。デート。元恋人。

頭の中でいつの間にか連想ゲームが始まっていて、すぐに思考は、元恋人に辿り着く。別れて間もないから、仕方ない。といえばそれまでだけど、もう三十を過ぎたのに未だに失恋で心乱されていることが、恥ずかしい。

この部屋のせいかもしれない。

彼女の私物はもうなくなったとはいえ、広くもない1LDKの至るところで、その気配を感じる。

たとえば、灰色のベッドカバーは彼女が選んだものだった。好きな映画に出てくるベッドカバーが灰色だったからと彼女は言って、ある日会社から帰ったら、俺のベッドは灰色になっていた。

クイーンサイズのベッドは一人で寝るには広すぎる。マットレスの真ん中に横たわり、大きく手を広げて、かろうじて端に指が届く。

深く息を吸い込む。またうっすらと、過去に接続される。

何度も、ここでセックスをした。

彼女の吐息を感じるのが、好きだった。その声や感触が、まだ布団の繊維の奥の奥、小さなシミのように染み付いている気がする。

その記憶で、勃起する。頭で考えるより早く、下半身が反応してしまう。撫でるつもりで手を添えて、彼女をまた思い出す。

何の相性も、良くなかったと思う。

彼女がとびきり好きな映画は、俺が一番嫌いな映画だった。辛いものが好きな俺を、人じゃないような目で見ていた。俺の好きなお笑い芸人を、例外なくつまらないと言い切った。

三年半付き合って、後半一年はずっと、うまくいっていなかった。部屋の中に爆弾低気圧が生まれて、ずっと俺たちを覆っているようだった。会話は弾まず、そもそも何を話せばいいかわからず、沈黙だけが雄弁だった。

それでも、セックスだけはした。

それ以外、俺たちを繋いでおく方法を見つけられなかった。互いの無関心を性に化けさせて、快楽にした。少しずつ何かをすり減らしながら、それに気付かぬフリをして抱き合って暮らした。

*

「ポテトには、硬くて短いものと、長くて柔らかいものがあるね」

ある日、二人でファストフード店にいた。Lサイズのポテトの群れから、硬くて短いそれと、長くて柔らかいそれを一本ずつ並べて、彼女は言った。

「どっちが好き?」

「ああ、こっち」

俺は迷わず、硬くて短い方を指差した。ふにゃふにゃと長く柔らかいポテトでは、食べ応えが感じられないから。

その答えを予測していたのか、「やっぱりね」と、彼女はため息まじりに返した。それから、「私はこっち」と、長くて柔らかい方を指差す。

「私たち、本当に合わないね」

「相性診断か。心理テストかと思った」

「ポテトで心理テストは無理でしょ」

「いや、硬くて短い方を選んだあなたは芯がしっかりしているでしょう、みたいな」

「長くて柔らかい方を選んだあなたは心が柔軟で寛容でしょう、とか？」

「お前が柔軟なわけないだろ」

「そっちに言われたくないよ」

長くて柔らかいポテトが、端から少しずつ彼女の口内に消えていく。その唇や指先は、ポテトの油でヌルヌルと光っていて、妙にエロかった。

あれが、彼女と行った最後のファストフード店だった。それから二カ月もしないうちに、俺たちはまた些細なこと（たとえば玄関の靴は揃《そろ》えて置けとか、汚れるから立って小便をするなとか、食器のしまいかたが雑だとか、コンセント挿しっぱなしをやめろとか、ゴミ出しの日を覚えろとか、電気つけっぱなしで寝るなとか、服を畳んでからしまえとか、最初に説明書を読めとか、そういう本当に些細なことだ）を発端に大喧嘩をして、勢い余って口から飛び出してしまった俺の暴言を決め手に、彼女はこの部屋を出ていった。

さすがに、もう終わりだと思った。そして、予感は当たった。

幽霊か妖精か、妖怪かお化けか、まるでそういう類いのものがいるかのように、彼女の私物が、知らぬ間に少しずつ姿を消していった。俺が会社に行っている間に、家に来ているようだった。

風のない土曜の昼下がり。一度だけ、彼女と部屋ではち合わせたことがあった。

今更話すこともなく、引き止めたところでこれまでの繰り返しになるだけだと割り切って、ベッドに横たわっていた。すると、しばらくして、彼女が俺の上に、ゆっくりと乗っかった。

「何？」

「もう、この部屋には来ないよ」

「うん」

「うん」

そこから、沈黙が続いて、代わりに、彼女の指先だけが落ち着きなく、俺の体の上を、行ったり来たりした。

それで、俺もその背中に指を沿わせて、いつもどおり、彼女が求めている部分を的確になぞっては、互いの体温を上げるようにした。

何度も喧嘩をした。しょっちゅう怒鳴り、涙を流し、不貞腐《ふてくさ》れていた。それでも俺たちが続いていたのは、やはり、体の相性が良かったからだろうか。

互いに隔てるものをなくそうと、服が一枚また一枚と、ベッドからずり落ちていく。そうしている間にも、彼女の吐息は強くなり、俺もそれに委ねる。快楽。という言葉が本当に似合う瞬間が、二人の間にだけある。

それが、おそらく最後のセックスだった。そう頭で理解したとしても、体は忘れてくれないだろう。

「あなたはいらない。指だけ欲しい」

彼女はベッドの上で、俺の人差し指と中指を甘く噛みながら言った。その言葉のおかげで、その言葉のせいで、俺は、この部屋で唯一、自分の指だけが今も愛おしい。

修復不可能なくらい壊れないと、次の恋には進めない

元彼と別れて、一カ月が経とうとしている。

今朝、彼からSNSのフォローが外されていることに気が付いて、そこでようやく、大きな喪失感に襲われた。

別れた直後は、もちろん寂しい。でも、脳がそれを受け入れきれていない感覚があった。翌朝に目が覚めたとき、もうあの人は自分の恋人ではない、という事実が淡々と押し寄せて、打ちひしがれたのは確かだ。

そのあとは、彼が好きなお笑い芸人をテレビで見かけたときや、彼が好きそうな映画を見つけたとき。彼が好きだったファストフードの硬くて短いポテトを口に入れたとき。そ

うした、日々の隙間に詰まっていた小さな思い出を見かけてしまった瞬間、喪失感は波のように何度か打ち寄せた。

けれど、しかし、私は失った寂しさよりも、「自由」というもっと美しいものを手にしていて、それに満たされていた。すべて、いまこの瞬間も、すべては自分のために流れている時間であり、自分のためだけに使っていいお金だった。それがなんだか嬉しくて、本当は、ずっと前から一人になりたかったのかもしれないと、そんなことすら考えていた。だからこそ意外だ。圧倒的な喪失は、彼からSNSのフォローを解除されたと気付いたこの瞬間に訪れたのだ。

別れてからもお互いの近況がわかっているうちは、なんとなく「同じ世界に生きている」という事実を思い起こして、救われる感覚があった。

でも、今、彼のアカウントから見える世界に、私はいない。たとえば私が、今後、どれだけ不幸の底に沈み、立ち上がろうとし、幸せを摑んだとしても、もう彼がそれを知ることはないんだ。

そう思って初めて、自分のSNSの投稿の数々は、誰に向けて送っていたものなのかを知った。百人ちょっとの友達よりも、たった一つの「いいね！」が欲しくて投稿していた全てが、もう、何の意味も持たなくなるのだと悟った。

カッと頭が熱くなって、なんでだよ、と毒突きそうになって、そのまま、勢い任せに彼のフォロー解除ボタンを強くタップした。フォローが外れた彼のアカウントは、友人以外非公開の設定になっていたのか、私からは投稿が全て見えなくなった。

私も、自分のアカウントを、非公開に変更する。考えるより先に、手が動く。指先一つで生まれた、お互いを拒絶する高い壁。

もう、私たちは、相手の人生を覗けない。

そこまでして、改めて、喪失の感情が湧いて出る。全部、私の強がりが原因だった。別れた後にアップした、彼が好きじゃなさそうなネイルの色、彼が嫌がっていた、顔まわりのインナーカラー。そうした、私の強がりを詰めた投稿の連続も、彼を突き放す原因になっていたのだろう。

そもそも、別れるきっかけだって、些細なものだった。妥協すれば、譲歩すれば、目を瞑《つむ》れば、許してあげられるものばかりだったじゃないか。それがどうして、強がっていたのか。

寝返りをうちながら、もう一度、彼のアカウントを開く。もちろん、あらゆる投稿は見られない。

自分のせいなんだよな。

深く息を吸うと、新居のベッドは、まだ無機質な匂いがした。

思い出すのは、初めて会った日のことだ。

陽射しが鋭く地面に刺さり、いつまで経っても気温が下がらない、真夏のど真ん中。赤《あか》提灯《ちょうちん》をぶら下げた焼き鳥屋に、友人が彼を連れてきた。

「この人、失恋したばっかりなんだって。話聞いてあげてよ」

「なんで、私が？」

「気が合いそうだから」

「どこらへんが？」

彼と目が合う。清潔感に欠ける風貌も、とっつきにくい雰囲気も、到底気が合うとは思えなかった。

砂肝を串から外しながら、友人は言う。

「なんか、頑固なところとかそっくりだと思うんだよね、あんたたち」

それから、会話を重ねていくほど、彼も私も譲れないことが多い、偏屈な人間であることがわかった。その性格のせいで、人と長く付き合えなかったりしているところまで、一緒だと思った。

「私みたいに懐がバカ深い人間じゃないと、あんたたちみたいなタイプとは友達やっていけないのよ」

煙草に火をつけながら、つまらなそうに友人は言った。

あれから、どのくらい経っただろう。一年半くらいだろうけど、ずいぶん昔のことのように感じる。本当に私たちは付き合って、そして、別れてしまった。そのことを、友人にも伝えた方がいいんだろうか？

彼女の連絡先を開いてみるものの、連絡すべきか戸惑う。迷いあぐねた末、結局その名前をタップした。

「久しぶりじゃん。どうしたの？」

ほとんどコール音はせず、彼女の声が響いて、戸惑う。

「ああ、えっと、ちょっと」

「ちょっとじゃないよ、聞いたよ。別れたって」

「え！ああ、もう聞いちゃってたか」

なんだその態度は。と、怒った様子の声がする。

「いや、すみません、とうとう別れてしまいました」

一年半。短い期間ではあった。しかし、私にしては、よく頑張った方なのだ。

「ちゃんと、落ち込んでる？」

元気にしてる？　くらいのトーンで聞いてくる友人が可笑しい。おそらく、深くは心配していないのだろう。

「今日から、ちゃんと落ち込み始めた」

「遅いよ。別れたの一カ月前でしょ？　なんで今更？」

「SNSのフォロー、外されてることに気付いた」

「は？　女子大生じゃん」

「うるさい」

ゲラゲラと笑う声がして、ムッとする。が、彼女はこれまで、私の怒りなど気にしたことがない。

「ちゃんと、ヨリ戻せないところまで来てる？」

「うん、到底無理そう」

「じゃあよかったじゃん」

「なんで？」

「修復不可能なくらい壊れないと、次の恋には進めないでしょ」

はー、さすがだね、と褒めながら、でももういい年だし、そう易々《やすやす》と恋になんて落ちてたまるかと思った。

赤提灯から始まる恋は、人生で一度あればいい。そう結論づけながら、私はまだ新しい部屋の壁紙を見つめた。

11

結婚はうまくいかなかったかもしれないけど、人生はうまくいったと思ってる

古い付き合いの友人のうち、気が合いそうな二人を会わせてみたら見事に付き合うことになった。

自分にはキューピッドの才能があるんじゃないかと、本気で勘違いした。たとえば人材紹介業とか、マッチングアプリの運営会社とか、とにかく、人と人を繋げる。そういう仕事に転職した方が、この能力を活かせるかもしれないとすら思った。

しかし昨日、私の紹介をきっかけに愛を育んでいたはずの二人から、別れてしまった、と連絡があった。

もちろん、引き合わせたからといって、別れにまで責任をとる必要はないとわかってい

る。でも、彼女たちは同棲までしてたから、これはひょっとしたら結婚までいくんじゃないかと競走馬でも見ている気分で二人を応援していたのもあって、別れの報告を受けた際は多少なりともショックは受けた。

紹介した私に気を遣ってか、二人はそれぞれ個別に連絡をくれた。

それも、わずか数分の誤差だった。そこまで息が合っているならやはり結婚すればいいのでは、と思ったが、二人には二人にしかわからない別れの理由があるのだと推測して、野暮なことは言わない。ただ、なんだかこちらまで申し訳ない気持ちになってしまい、誰かに謝りたくなった。

それでなんとなく、家に帰ればいつもそこにいる母に、事の経緯を話した。

「ところで、あんたはいい人いないの？」

三十歳を過ぎた女が実の母親と二人で暮らすとは、こういうことである。

私は友人の別れ話をしていただけなのに、「ところで」の一言で全てが裏返り、私のパートナー探しについての質問ラッシュに変わる。

「あなたは正義のヒーローじゃないの。恋に迷える子羊を救っているヒマはないし、まずあなたが一番幸せにならなきゃいけないのよ」

もうすぐ六十歳を迎える母は、ずっと一人で私を育ててきた。父親役も母親役も一人で演じてきたからこそ、私にたくさんの時間をかけてくれた。

「他人におせっかいして、自分を後回しにしすぎると、手元に何も残らなくなるわよ」

その母が言うと、なんだか説得力があって怖くなる。

「私の血を引いてるんだから、男運はきっと悪いんだし」と言いながら缶ビールを渡してくる。

「その自虐、もうやめた方がいいって」

私が図太く生きられているのは、間違いなくこの人のおかげだとは思う。

＊

「父さんがクズだから離婚したのは予想がつくんだけど、じゃあ、なんで結婚したわけ?」

数年前、母に尋ねたことがある。二人で遅くまでお酒を飲んでいて、テレビに映る男性俳優を勝手に寸評して遊んでいた最中だった。長髪に髭《ひげ》の生えた俳優を見た母が「あの人に似てるわ」と言うので、流れで聞いてみたのだった。

「そりゃあ、あなたが生まれるからよ。他に理由ある?」

ああ、そうか、シンプルに私が、引き金になったのか。そりゃあそうだよな、と、自分の考えがいかに浅はかだったか、思い知らされる。

「じゃあ、私が生まれなかったら、結婚しなかった？」

私の質問に、母は間髪入れずに答えた。

「私はね、その人と結婚したくてしょうがなかったの。結婚、って言葉じゃなくても別にいいんだけど、要するに、独り占めしたかったの。だから、ある意味で私は、あなたを利用したのかもしれない。あの人を私のものにするために、お腹の子を人質みたくしてね。今考えると、本当にひどい女だね」

三十歳を迎えて、それなりに経験も積んだ大人になったつもりでいても、まだまだ心が割れそうな衝撃を受けることはある。何より、母にそこまで強い恋愛感情があったことに、嫌悪感とも違う、何かを奪われたような居心地の悪さがあって、それが私の頭の中を、いつまでも這いずり回っている。

母はテーブルに置かれたティッシュを二枚、三枚と引き抜いて、鼻をかんだ。

ごめんね、と言う声が震えていて、泣いているのだと知った。

「いや、泣くほどのこと!?　てか、あんた、泣きたいのはこっちだからね!?」

背中を強く叩きながら、わざと大きく笑ってやった。そうすることでしか、実の娘としてその場をやり切る方法はなかった。

おかげで、私が流すべき涙は、居場所を失《な》くしたまま瞳の奥で乾いて消えた。

＊

「私はね、結婚はうまくいかなかったかもしれないけど、人生はうまくいったと思ってる。そもそも、結婚に失敗したんじゃなくて、離婚に成功したってことだからね」

珍しく、二人で外食をした帰り道だった。テレビで見たという小さなイタリア料理店を母が予約して、しかし一緒に行くはずだった友人が行けなくなったからと代打を頼まれ、駆けつけた後のことである。

フルコースの終盤、レストランに来られなくなった友人は誕生日が近かったらしく、母がこっそりと店にお願いしていたバースデーケーキが運ばれてきた。どうするんだこれはと二人で大笑いしながら、主役のいないバースデーケーキを母と食べた。また不思議なエピソードが誕生してしまったねえ、と満足げに話した帰り道だった。

「こうやって、大人になった娘と笑いながら、イタリアンのフルコースを食べられたの、幸せすぎるのよ。離婚していなかったら、きっとこんな体験はできなかった」

「本当は、友達と行く予定だったくせに？」

「結果オーライよ」

「それ、ミスした本人が言うセリフじゃないよ。どうすんの、あのケーキ」

「写真撮ったから、後で送っておく」

「嫌味でしかないからやめときなって」

おほほほほ、と、まるで昔の貴族のような笑い方をして、母は私の手を取った。

12

息抜きの仕方を忘れたら、無駄遣いをするのがいいですよ

〈あなたの誕生日を祝おうって言ったのに、本人がいないってどういうこと？〉

清美《きよみ》さんから届いたメールを開いて、失笑した。画像が添付されていて、そこには確かに僕に宛てて作られたケーキが、大きな存在感を放って写っていた。

〈ごめん、まさかケーキまであるとは〉

〈あるに決まってるでしょう。私はこの歳になっても、サプライズをしっかり用意する女なんですよ〉

〈その一面までは知らなかった〉

ケーキは娘と食べた、と書かれている。娘さんも三十路に差し掛かったと聞いていたけ

れど、今でも仲がいいんだな。

〈今度、必ず埋め合わせします〉

短い一文を送って、携帯電話を机に伏せる。時計を見ると、二十二時を過ぎていた。十八時には上がれているはずだったのに、こんな日に限ってだ。

——経営者って、もっと暇で、時間もお金も持て余してると思ってた。

出会ったばかりの頃、清美さんにそう言われた。偶然立ち寄った恵比寿のバーの常連客として座っていた彼女は、もうすぐ六十になると言った。とてもそうは見えない、綺麗な人だった。互いに離婚経験もあり、すぐに意気投合した。

経営者。響きだけで言えば、確かに稼ぎもあるし、時間もありそうだ。でもその実態はピンキリ。銀行から融資を受けたり、利益が出ているときは強気でいられても、数字が傾いてくれればすぐに情けない顔になる。ギャンブラーみたいなものだと清美さんに説明した。

「博打が好きな男には惹かれないな」

あのバーで、清美さんは笑みを浮かべて言った。

「でも、僕はなかなか負けませんから」

「それはそれは。ご立派ですね」

その日から、僕らはよく会うようになった。八つ離れているとはいえ、二人とも五十代である。この関係を今さら恋と呼ぶには小っ恥ずかしさがあるし、若い恋に覚えたあの燃えたぎるような情熱は、双方とっくに失っている。

なんとなく、時間を見つけてはバーで落ち合ったり、レストランに足を運んでみたりする。その距離感と温度感が、ちょうどよかった。

仕事は、ラクになることがほとんどない。社員は早く帰らせるが、自分は帰ったとしても、仕事が頭から離れることはない。

誰もいないフロアを見回す。従業員も、その家族も、この会社が養っている。

社員から子供ができたと報告されるたび、確かな喜びと同時に、微《かす》かな不安に駆られる。自分にのしかかる責任がまた一つ重くなったと、帰り道にぼんやりと考えてしまう。

今日も、会う約束をすっぽかした。清美さんは、たぶん許してくれるだろうが、いずれは愛想を尽かしてしまうだろう。

オフィスを出ると、いつもの運転手のタクシーが停まっている。

二年ほど前だろうか。終電がとっくになくなった時間にオフィスを出たとき、初めてこのタクシーが、僕の前に停まった。

僕の家は、少し頑張れば、会社から歩けなくもない距離にある。今のオフィスに引っ越す際に、自宅もあわせて越した。健康のためを思って、極力歩いて通勤しようと思っていたのだけれど、その夜は、限界だった。手を上げると、タクシーがすぐに停車した。車で十分もあれば着く距離を、甘えて帰ることにした。夜も深い時間で、交通量も少なかった。オレンジ色の街灯だけが、目の前を通り過ぎていった。

「お疲れですか？」

ふと声をかけられたのは、そうして窓の外を二、三分ほど眺めたあとだった。バックミラー越しに、運転手と目が合う。助手席の前にある証明写真よりも、少し老けた印象の男だった。

「ああ、まあ」

会話をする気にもならず、曖昧な返事をした。しかし、その返事だけで、何か伝わったのだろうか。

「責任をたくさん背負って、ずっと走ってきた。その疲れもピークに来ている、って感じですね」

運転手は、ゆっくりとそう言った。

当然、驚いた。心の中で悩んでいたつもりが、声に漏れていたのだろうか。

「僕、独り言、言ってました？」

「いいえ。この仕事も長いので」

タクシーが右折する。国道と環状線がぶつかって、車の数が少し増えた。

「すぐに着きますけど、時間が許すようでしたら、少し遠回りしましょうか？」

「え？」

「好きなところでいいですよ。海が見たい、東京タワーが見たい、ただ広いところに行きたい、なんでも、お客様が行きたいところへ向かいます」

それが、仕事なので、と、運転手は笑って付け足した。

「営業がうまいですね」

「いえいえ。ありがとうございます」

日中にこんなタクシーと出会ったら、憤りすら感じていただろう。でもなぜか、深夜に出会ったそのときは、魅力すら覚えていた。

「じゃあ、豊洲の、海辺の方に」

特に見たいものがあるわけじゃなかった。でも何となく、そういう無意味な行動がしたかったのだ。運転手は微笑《ほほえ》みながら、ゆっくりと車を車線変更させた。

「息抜きの仕方を忘れたら、無駄遣いをするのがいいですよ。お金か、時間か、体力か。無駄だなあ、とわかっていながら、それを消費してみる。もしくは、作ってみるんです。完成したところで意味を成さないものや、第三者には到底理解されないものでもいい。効率的な社会だからこそ、無駄なものに価値があると、私は思います」
運転手が言った。
あの夜から、僕はどうしても疲れたときだけ、そのタクシーに手を上げている。
たとえば、今夜みたいな日に。

13

大人になったら、サンタは来ないと思ったでしょ？

珈琲豆が切れていたことを思い出して、しかし思い出すこと自体が三度目であり、つまりしばらく豆を買い忘れたまま暮らしていることに気が付きました。

次に見かけた珈琲ショップに立ち寄ってみようか。そう思って行動に移そうとすると、今度は近所の珈琲ショップの店主の顔が浮かんでしまって、思い留まってしまいます。いつもこうなので、珈琲豆ひとつ買うのにも、時間がかかります。

その日は、六本木までお客様を送り届けたあと、都内をゆっくりと走っていました。街のあちこちでイルミネーションが点滅していて、その光が強くなるたび、妙に気持ちが落ち着かなくなります。行事好きな妻に先立たれてからは、クリスマスというものにもすっかり縁遠くなってしまったと、不意に小さな寂しさに出会ったりもします。

タクシー運転手として独立したのは、八年ほど前です。

もう個人事業なのだから、どれだけ休んだところで誰にも文句は言われない。何時間昼寝をしてもいいし、珈琲豆だって、いくらでも買いに行く機会はある。

そうはわかっていても、一度サボるとずっと休んでしまいそうで、寝食以外の時間は大抵ハンドルを握ってしまいます。お客様を乗せている間だけコミュニケーションをして、あとは黙って東京を回る。それだけで、自分の生活はじゅうぶん満たされるのだと思うようになりました。

品川駅前の大通りに出ると、たくさんの同業者とそれに飛び乗る人たちが目に入ります。私もそうした景色の一つにすぎず、通行人からすれば、どのタクシー会社だろうが関係なく、個人タクシーだとわかって乗車してくださる方など、半年に一度も現れません。

魚の群れの一部になったように、意思なく進む。品川駅から少し離れて、歩行者の数も少しバラけてきたところで、右折のウインカーを出しました。

曲がりきったところで、視界の端に、手を上げた女性の姿を捉えます。

「どちらまで？」

「六本木までお願いします」

今、そっちから来たばかりなのに。とは、少しも思いません。お客様にこちらの都合を話しても仕方ないし、目的なく走っているのが、タクシーというものだからです。

ゆっくりと発進して、慎重にアクセルを踏みます。

「パーティか何かですか」

失礼なのは百も承知で、乗ったばかりのお客様に話しかけました。華やかなドレスを纏《まと》っていて、明らかに平服ではないように見えたからです。見た目は三十代くらいに見えますが、年齢も性別も、外見はたいしてあてにならないことを、この仕事を始めてすぐに知りました。

「そうですね。パーティなのかな?」

お客様は軽く笑顔を作ったあと、自分がこれから向かう場所がパーティなのかどうか、判断がつかない様子を見せました。

「友人たちと、ホテルを取っていて」

「そうでしたか。楽しそうですね」

「はい」

機嫌が良さそうです。六本木であれば電車でも行けそうな気もしますが、急いでいるからタクシーなのでしょうか。幸い、今のところ道は空いているようです。

「なんか、プレゼント交換するんですよ」

「いかにも、クリスマスですね」

「そうなんです。全員、四十過ぎなんですけどね。企画してるうちに盛り上がっちゃって」

「いいじゃないですか」

笑顔を作ってバックミラーを覗くと、お客様と目が合った。

「運転手さんは？」

「はい？」

「クリスマスとか、予定決まってるんですか？」

「ああ、仕事ですねえ。稼ぎ時ですから」

自分の発言に悲壮感が漂っていないか、少し不安になります。別に悲しくはないのです。クリスマスは本当に、商売としては重要な時期ですので。

お客様は「そっか」と言ったきり、窓の方を向きました。等間隔で植えられた街路樹は青色に光っています。イルミネーションはいつから青い光が主流になったのだろうか。そんなことを考えていると、すぐに六本木駅が近づいてきました。

「そろそろ、到着しますので」

「はい、ありがとうございます」

脱いでいた上着と紙袋を手に取って、お客様が降りる準備を始めます。この独特の緊張感が嫌いではありません。歩道側に車線変更すると、ゆっくりと車を停めました。

クレジットカードでの支払処理を済ませて領収書をちぎろうとしたところで、お客様が何かを思い出したように、紙袋を持ち上げました。

「あの、これ、よかったら」

振り向くと、丁寧に包装された箱が、紙袋から取り出されていました。

「珈琲豆なんですけど。プレゼント交換には地味すぎると思って」

別のものを買ったんですと、お客様が紙袋をもう一つ持ち上げて見せた。

「いやいや、受け取れません」

「いいじゃないですか。クリスマスですよ」

「そんなそんな。お持ち帰りください」

「そんなこと言わずに。ほら！」

ずいぶん強引に押し込まれて、思わずそれを受け取ってしまいました。見た目の割に、しっかりと重く、値段も高そうです。

「大人になったら、サンタは来ないと思ったでしょ？　そんなことないですよ」

さては、すでに飲酒してきたのでしょう。後部座席から、やんわりとアルコールの香りがしました。

「では、こちらはありがたく」

「はい、そうしてください」

領収書を渡すと、扉を開けます。

お気をつけください、と言うより早く、お客様は颯爽《さっそう》と外に出られました。

「メリークリスマス！」

「ええ、メリークリスマス」

なんとご機嫌なサンタだろうか。ドアを閉めると、すぐに車内が暖房で温まります。助手席に置いたプレゼント箱が、なんだか喜んでいるように見えました。

「では、安全運転で」

右手にウインカーを出すと、私はゆっくりとアクセルを踏みました。

14

私たち、ヘンテコな世界に降り立った宇宙人みたいなもんよ

くっだらないと、思わず声に出た。

六本木通りは国籍問わずたくさんの恋人たちが歩いていて、その誰もが、今にもセックスしだしそうな空気を纏っている。

十二月二十五日、夜。ただただ気色悪いムード。

キリストだって、自分の降誕日がまさか赤の他人の恋愛事情に利用されてるなんて思いもしないでしょうに。私は敬虔《けいけん》な信者でもなんでもないけれど、目の前の状況を見ると勝手に同情したくなる。

カップルとすれ違うたび、軽く舌打ちしながら、目的の飲食店に向けて自転車を走らせ

る。途中で追い抜いた停車中のタクシーの運転手がどこか嬉しそうな顔をしていて、なぜかそれにも腹が立つ。

クリスマスに浮かれてる人たちは、みんな敵。

横断歩道を渡ると、指定されたファストフード店がある。店内はかなり混雑していて、それにも呆れる。メニューが記載されている液晶画面には、最近引退を表明したばかりの子役の子が笑顔で映っている。

店員は私の姿を確認するなり、毒でも吐きそうな顔をした。いつものことだから、これにも慣れている。この仕事を始めてから、自分の名前を呼ばれたことは一度もない。いつでも「業者さん」とか、サービス名で呼ばれる。

ファストフードすら自分で歩いて買いに行けないほど余裕のない顧客たちと、スピード勝負ばかりさせられている店員たち。この時代の、この社会の、圧倒的な時間と余裕のなさは、資本主義社会の終わりが近いことをやんわりと教えてくれている気がする。

――私たち、ヘンテコな世界に降り立った宇宙人みたいなもんよ。

オーダー番号を店員に伝えたあと、不意に、楓《かえで》に言われた言葉を思い出した。

「恋愛感情や性欲が湧かないってだけで、こんなにアウェイなんだもん。世の中全体が恋愛大好きラブラブモードでできてるの、そっちが異常だって」

私の部屋の一人掛けソファに座りながら、酔っ払っている楓は言った。

まあ、生物学的に言ったら、きっと世界の方が正しいかもだけどね。種の繁栄のために生命が存在している。そのために人間は恋愛感情が備わっている、とか言われちゃったら、私たちはその瞬間、人間じゃないってことになっちゃうんだから。ひどい話よ。

何度も何度も、似たような話をしてきた。どうして私たちって、恋愛感情がないのだろうか。それって、人間として欠陥があるってことなのだろうか、と。

横にいたカップルの女が、なんだか眠たそうな声を出して、その腕を巻きつけている彼の顔を見た。スマホを見ながら答える彼の顔には、退屈の文字が大きく書かれている。

また、イライラしてくる。カップルであれば誰でも癪《しゃく》に障ってしまうのだから、これは、今の自分のメンタルにこそ問題があるのだろう。

商品を受け取り、ビニール袋ごと配達リュックにしまって、店を出る。

この街の灯は、今の私には眩《まぶ》しすぎる。

そもそもキリストって、人に恋をしたのだろうか？　いや、さらに言えば、神様って、恋愛したんだろうか？

ギリシャ神話では、ゼウスは浮気しまくっていたとよく聞く。そんなものは人間が作り出した寓話《ぐうわ》にすぎないだろうし、神様が実在するとして、やはり、そんな俗っぽい存在なのだろうか。

六本木の街を、自転車で走り抜ける。

こうやって凪みたくなっている間、私は、自分が人間であることを忘れられる。

この仕事は、人との会話も最低限で済むし、深くこちらのことを探られることもない。無関心な東京で、さらに無関心に包まれて生きる。今の私には、この働き方がなんだかんだ言ってしっくりきてしまっている。

街の景色が少しずつ変化していき、古い家が多くなった頃、スマホが目的地への到着を告げた。

そこでちょうど、楓からのＬＩＮＥが届いた。

〈どう？　流石に今日は、社会から断絶された安全地帯で過ごしてる？〉

〈ごめん、バイト中。ちょうどこの配達終えたら、帰ろうと思ってたとこ〉

〈えらすぎ。終わったら連絡ちょうだい〉

この世界で私が知っている、唯一の、同じ星うまれの生存者。

楓がいるから、私はこれまでどうにかやってこれたんだろう。

ハンバーガーを依頼主に届けると、すぐに楓に電話をかけた。

「ほいほい、お疲れー」

「疲れたよ。ほんと最悪だった」

「はは、今日なんて絶対に地獄でしょ。街中が恋愛とセックスの巣窟じゃん」

「その通り。家にいると退屈かと思って、開き直ってバイトしてみたら、もっと荒《すさ》んだわ」

「そんなん、わかりきったことだったでしょうに」

ケラケラと楽しそうに笑う声がする。

「まあ、足掻《あが》きたくなる気持ちはわからんでもないけどね」

そう付け足されたその言葉が、じんわりと温かい。

「で、これからウチ来ない？　作りすぎたマカロニグラタンがあるよ」

「本当に？　ちょうど今、作られすぎたマカロニグラタンを食べたいって思ってた」

「おー、それは奇遇だね」

「最高、最高」

そうだ、最高だ。別に足掻く必要なんてなかったのかもしれない。こんなヘンテコな世界に無理に適応しなくたって、安全な場所にマカロニグラタンがあるなら、じゅうぶんに最高。少なくとも、一人じゃないんだし。

「すぐ行くから、待ってて」

「すれ違うカップルに、舌打ちとかしないようにね」

楓に言われて、思わず笑い声が出た。

15

ひとりでいた時間の長さって、人としての魅力の深さに比例するじゃん

遊ばれているとわかっていながら、それでも諦めきれない恋が稀《まれ》にある。

そのことを友人に話したら、本当は諦めきれないんじゃなくて、やめどきがわからないだけだろうと笑われた。

「だって、アレだろ？　前に話してた、六本木で出会ったっていう、四十過ぎのオネエサンだろ？」

「そうだけど」

「クリスマスに、六本木で開かれるパーティに行くような人だろ？」

「そうだけど」

けど、の部分につい力が入る。

別にいいじゃないか。クリスマスに、六本木のパーティに行くような人を好きになったって。

「どうせアレだよ？　お相手はどこぞのＩＴ企業の社長とか、そういう港区っぽい人たちばっかりで、男たちはみんな、ツーブロックの髪をガチガチにスプレーで固めてるタイプだぜ？」

「いいじゃん、そういうのが好きな人でも」

「よくねえだろ、お前。こんっな前髪長くてフーディばっかり着てる、ハタチ過ぎたばかりの若造なんてな、勝てる見込み一切ねえよ。向こうはもう、金銭感覚おバグりモンスターなんだからよ」

「なんだよ、その言い方」

これ以上、深みにハマらないように引き留めようとしてくれているのか、それとも茶化しているだけなのか。タカアキの態度は相変わらずゆるゆるとしていて、摑みづらかった。

「てか、そんな湿っぽい話、初詣に来てまで聞きたくねえんだよ、俺は」

やっぱり早く終わらせたくて、茶化しているだけみたいだ。

毎年タカアキと訪れている地元の神社は、昨年よりも明らかに混雑していた。コロナがおさまってきた、というよりは、もう飽きてしまった、という感覚で、去年は販売していなかった甘酒まで売られている。

タカアキは参拝の列に並びながら飲む甘酒が好きだと言って、つい先ほどまで、久々にそれを飲めたことに歓喜していた。今は早々に空になった紙コップを名残惜しそうに口に咥《くわ》えている。僕の手元のホットコーヒーも、気付けばかなり冷えていて、美味しくはない。

「やっぱり、やめた方がいいかあ」

「お？　別れるか？」

「いや、そもそも付き合ってないけど」

せつないねえ、と言った後、タカアキは少しだけ列を外れて、ゴミ箱に紙コップを捨てた。残り少なくなったまま飲めなくなったコーヒーは、僕の右手で揺れている。

先月のクリスマスは、その女の人に、コーヒー豆をプレゼントしたのだった。

贈り物の金額では絶対にほかの男に勝てないし、そもそも形が残るものでは迷惑をかけるのではないか。そう悩んだ結果、思いついたのがコーヒー豆しかなかった。豆に詳しい友人に聞いて、都内ではなかなか手に入らない高級な豆を買って、渡した。

いつも、家に呼ばれてセックスをした後、あの人は必ずコーヒーを淹《い》れる。そのコーヒーに、少しでも自分の存在を感じてもらえたらと思った。

でも、年が明けて家に行っても、そのコーヒー豆は部屋のどこにも見当たらなかった。すでに新しい豆の封が切られていて、部屋はいつもと同じ匂いで包まれたままだった。

「少しの隙間も、ないんだよなあ」

「隙間？」

タカアキが背伸びをして、賽銭《さいせん》箱まで続く行列の先頭までの距離を確かめながら言った。

「自分の入り込む隙間が、ないの」

「ああ、その女の人ね？　そういう恋は本当にやめた方がいいね」

「どうしてよ？」

「得られるものが何もないから。しんどい恋を経験したって事実しか残らず、何の成長もしないから」

「別に、成長するために恋してるわけじゃないし」

「でも、年上の魅力、みたいなものに惹かれちゃってるわけでしょ？」

「それとこれとは、違うじゃん」

たまたま好きになったのがあの人ってだけで、別に年齢がどうとか、そういうんじゃないんだ。と、何度もタカアキに説明しているけれど、まともに聞いてもらえたことはなかった。

「お前はさ、なんだかんだ言ってずっと、彼女か、好きな人いるじゃん」

「うん、まあ」

「それって、付き合ってる相手から何かを吸収しようとしてる、寄生虫みたいなもんじゃないの」

倒れるかと思った。

新年早々あまりに辛辣で、言葉が出てこない。親友に大ダメージを与えてどうする。

「お前は、もうちょっとアレよ、ひとりの時間を楽しめるようになりなよ。ひとりでいた時間の長さって、人としての魅力の深さに比例するじゃん」

タカアキはポケットから財布を取り出しながら言った。

「そういうもんなの？」

「そういうもんだよ」

じゃあ、今年はあんまり恋に溺れず、ひとりで過ごすのも悪くないか。

そう考えた途端、憑《つ》き物が落ちたように視界が開けた気が、しなくもない。

ちょうど賽銭箱が見えてくる。階段を上る途中で、タカアキがおろおろと慌てだした。

「どしたの」

「俺、五百円玉しかねえわ」

「じゃあそれ、入れなよ」

「やだよ、勿体《もったい》ねえじゃん。ちょっと小銭貸して？」

「やだよ。人から借りた金で賽銭をあげるの、ろくなことにならないだろ」

「いいんだよ、俺はそういうの、信じてないから」

「そういう問題なの？」

「そういう問題だよ」

五円玉を渡して、僕も賽銭箱に向き合う。新年早々こんな調子だけれど、果たして今年は、どんな一年になるだろうか。

16

いつかきっと、誰かが君を肯定してくれる

前に並んだ男子ふたりが、賽銭箱の前で金の貸し借りをしている。

賽銭する金くらい自分の財布から出せよって思うけど、罰当たり、って意味では俺の方がもっとずっとひどい人間なんだって、やっぱり激しく落ち込む。

三十分ちょっと並んで、賽銭箱の前に来た。

家から掻き集めてきた五円玉、十枚。それらをゆっくりと、まとめて神様に送金。

二礼二拍手したあとに、じっと、考える。というか、悩む。

今年、俺は、どう生きるべき？

頭に浮かぶのは、一生ぶん、いや、前世や来世のぶんまで使い切った、後悔だ。

あのとき、ああしなければ。あのとき、ああしていれば。過去の自分の決断を憎み、奥歯を強く、噛み締める。

ほんの少し、気が緩んだだけだった。確かに眠気はあったけど、元気なつもりではいた。雨の夜で、見通しも悪かった。車内のＢＧＭを変えようとして、わずかにフロントガラスから目を逸《そ》らした。その瞬間だった。横断歩道も信号機もない、二車線の車道に、おばあちゃんが飛び出してきた。

雨に濡れた路面は、ブレーキが思うように利かない。

おばあちゃんの存在に気付いた瞬間と、何かがぶつかった衝撃の瞬間は、ほぼ同時に訪れた。おばあちゃんは、頭から血を流していた。雨に濡れて、辺りは暗くて、どんな状態か、詳しくはよくわからなかった。

警察と救急車が来て、そこから、あんまり記憶がない。

しばらくして、おばあちゃんは、亡くなったことを知らされた。

俺は、勾留され、裁判にかけられ、たった三年の執行猶予の判決が出て、外に出られてしまった。

その日から、俺の背中を、表情を、全身を、たくさんの人が見ている。

あいつが例の加害者だと、社会全体が、俺を監視している。警察だけじゃない。スーパーの店員や、散歩中の老夫婦や、駅のホームではしゃいでる子供まで、みんな、俺を犯罪者として、睨みつけている。

高校を卒業してすぐに入った会社も、辞めることになった。それからずっと家に閉じこもって、毎晩、悪夢にうなされた。でも、起きたらそれよりひどい現実があった。

そんな状況でも年は明け、三が日を迎えたタイミングで、神様に会いたくなった。

神社には、たくさんの人が集まっていて、参拝客はみんな、俺の後ろ姿を睨みつけては、犯罪者が神社に来るなと、心の声を唱えている。それが全部、聞こえたり、目に入る。苦しくて、苦しくて、叫び出したくなる。

神様へ。

自分の罪は、全て受け入れます。だから、どうか俺を、許さずに見ていてください。

＊

神社を離れると、神山《かみやま》さんと約束しているファミレスに向かった。

外に出たついでに、弁護士を紹介してくれたり、いろいろかかった費用を一時的に親に代わって工面してくれた神山さんに、お礼を言うためだった。

神山さんは元々、父さんの知り合いで、俺は二人で酒を飲んでる姿しか見たことがなかったから、こんな関係になるとは思いもしなかった。

日は高く登っているが、空気は刺すように冷たい。ファミレスの中を窓越しに覗くと、手前の四名掛けのソファ席に、神山さんの姿が確認できた。

「すみません、お待たせして」

「いや、約束の時間より十分も早いよ。なんか、食べたいものあったらどうぞ」

「すみません」

メニューを受け取るが、腹は、減っていなかった。このところ、ずっとそうだ。眠れず、食欲も湧かず、というか、なにもする気が起きない。

「すみません、腹、減ってないです」

「ちょっと痩せたし、老けたろ。二十代とは思えない顔してるぞ」

「……すみません」

軽く、頭を下げる。昨夜も、寝たか寝てないか曖昧なところだし、それが顔に出ていてもおかしくはなかった。

「飯、ちゃんと食べてるか？」

愛想笑いで誤魔化そうとしてみる。それもうまくいかない。

「あのな。前にも言ったけど、生きることは、笑うこと、飯を食うことだよ」

神山さんも、メニューを手に取る。神山さんの手は、いつもすごく細い。

「君は死刑にならなかったし、無期懲役でもなかった。生きてていいよ、と法から認められた。それはつまりね、一生かけて罪を償え、という意味だけど、それだけじゃないんだよ。笑うこと、食べること、音楽を聴くこと、本を読むこと、楽しむこと。罪の意識は持ちながら、その自由までは奪わないよって意味なんだ」

手に取ったメニューを一度テーブルに置くと、神山さんは、静かに腕時計を外した。

「自分のしたことは、決して忘れてはならない。今は誰も、君を許さないだろう。でも、いつかきっと、誰かが君を肯定してくれる。そのことを、忘れないでいてほしいってことだよ」

声は、低く俺の腹の奥底に響いて、言葉を理解するより早く、俺の目は涙でいっぱいになった。声を出そうとすると、すぐに変な音がしちゃいそうで、テーブルを見ながら、落ちてくる涙と一緒にどうにか絞り出した。

「ありがとうございます」

本当に、情けない。

情けないけれど、生きなきゃいけないし、笑って、食べなきゃ。

「まだまだ、先は長いから。頑張ろうな」

神山さんは、それから俺の涙が引っ込むまで、なんにも言わずに待っててくれた。

「本当に、ごめんなさい」

ファミレスの窓の外を見ると、俺を睨む目の数は、変わっていない。それでも、なんとか生きていくしかないんだって、もう一度自分に言い聞かせて、食事メニューに目を向けた。

一生に一度の人生だから冒険したい気持ちと、一生に一度の人生だから失敗したくない気持ち

煙がふわふわと、静かに空へ溶けていく。

よく晴れていて、風はない。穏やかな乾いた空。それとは対照的に、この場所はいつも湿っぽい。

涙のせいだ。

ここでは毎日、誰かが泣いて、何度も何度も、涙が落ちる。それがお金に変わるかのように、この場所の経営は、悲しみで成り立つ。

「皮肉ですよね、葬儀屋って」

床をホウキで掃きながら、先輩に小さく話しかける。

「なにが?」

僕より新しいホウキを使っている先輩の声が、背中越しに聞こえる。

「人が死ねば死ぬほど儲かる職場なんて、ろくなもんじゃないです」

「なに今更。じゃあ、やめる?」

「いや、続けますけど。先輩は、どうして続けてるんですか?」

一瞬、床を掃く音だけが聞こえて、そのあと、先輩の声がした。

「ラクな割に、他より給料がいいから」

小さく笑うほかない。

先輩は、僕より二年も長く働いているのに、いまだに仕事の手順を覚えていないことがある。

「夏頃の、事故で亡くなったお婆さん、覚えてる?」

「えっと、去年の?」

「そう」

普段、どんな死因かあまり興味を持たない先輩が、わざわざ話してくれたことがあった。お婆さんが、夜中に車道に飛び出してしまったのだと、なぜかそのときは、やけに克明に説明してくれた。

「その人が、どうしたんですか？」

「俺、知り合いだった」

「え！　そうなんですか」

「まあ、親しい人じゃないけど。二回くらい、話したことがあった。遺族の顔を見てわかった」

「そんなこと、一言も言わなかったじゃないですか」

「まあ、親しいわけでもないから」

ホウキを動かす手が、そこで止まった。先輩は相変わらず後ろを向いていて、どんな顔をしているのかもわからなかった。

「轢《ひ》いた犯人は、執行猶予がついて、きっと平穏に暮らしてるんだって、先週、たまたま会った娘さんが泣きながら言ってた。俺は、それを聞いても何もできないし、その日も予定通り、次の人を焼いて、さらにその次の人も焼いたら、もうなんだか、自分の気持ちはよくわからなくなってた」

想像したのは、自動車工場だった。

ベルトコンベアーの上に並べられた車体を一つずつ、流れるように完成へと導く。火葬は、その真逆のようなことだ。人だったものを、順番に待たせて、火にかけ、分解していく。

「人は、死さえも慣れる。俺たちは今日もたまたま生きられただけで、そこに一番の価値があるはずなのに、そのことすら忘れる」

小さく、ため息が聞こえた。

この場所に死体として運ばれるまで、人は、実に多様な人生を歩む。前人未到の偉業を成し遂げる人も、罪を犯して数十年逃げ続ける人もいる。幸せな家庭で生まれ育つことも、暴力と暴言にまみれた幼少期を過ごすこともある。

しかし、どんな命も、ここに運ばれてきてしまえば、全部同じだ。九十歳まで生きようが、十歳にもなれずに死のうが、最後は焼かれて、骨だけになる。

「たとえばだけどさ」

次の火葬まで、時間はない。手を動かしながら、先輩は続ける。その目は別に涙ぐんでいるわけでもなくて、でも何か、大切なものを落とした後のような寂しさが見える。

「今からあと十年で死ぬ確率が七十パーセントって言われたら、お前、どうする?」

「え、なんですか、それ」

「直感でいいよ」

「ええ? 難しいです。なんでしょうね……。旅行とか、豪遊しつつ、今のうちに見ておきたいものを見に行くかもです」

「じゃあ、生存確率五十パーセントだったら?」

「五十パーセント? いや、そうなると意外と迷うかもです。悔いが残らないようにしたいですけど、でも、生き残っちゃったらって思うと、お金も残しておかなきゃいけないですよね」

「そうなんだよ。生き残った場合のことを考えると、貯蓄もしておきたいと思っちゃう。俺たちって、今もほとんどそういう状態に近いと思うんだよな」

「どういうことですか……?」

「一生に一度の人生だから冒険したい気持ちと、一生に一度の人生だから失敗したくない気持ち。両方持ち合わせてる」

「ああ、たしかに」

先輩が、なにを言いたいのか、結局よくわからなかった。

今日は火葬場の予約がびっしり埋まっていて、遺族それぞれの悲しみをぼんやりと見ていると、あっという間に時間は過ぎて、退勤時刻になった。

一日晴れていたけど、やっぱり一日湿っぽかった。

私服に着替えた先輩が、事務所から出てきた。いつもと同じ表情のように見えて、少し、疲れが顔に出ている気もした。

「おう」

「お疲れ様です」

「あのさ」

「はい」

「俺、辞めることにした」

「え？」

「この仕事。いま、伝えてきた」

突然。一体なにが、この人を突き動かしたのだろうか。

「一生に一度の人生で、冒険も失敗もしたくないけど、人生自体を虚無に思えちゃったら、もう別の場所で生きるほかないなーってね」

さっき話してて、そう思っちゃったから。と先輩は言って、どこか、呪いから解かれたような穏やかな顔で、わずかに僕に笑いかけた。先輩のそんな顔を、僕は初めて見た気がした。

湿った職場に、乾いた風が吹き抜ける。まだまだ冬は続きそうで、寂しくなると思った。

「また、近くに寄ったときは、遊びにきてください」

僕が言うと、

「そういう場所じゃないだろ、ここは」

と先輩はどこか寂しそうに言った。

18

なりたいものに、なれば
ええ

最寄り駅の改札を出ると、一月の乾いた空が綺麗で、しばらく薄くなった雲を見ていた。途端に何かを思い出したように空腹に襲われて、それがなんだかちょっと嬉しくて、でも、腹立たしくもあって、とりあえず、たまたま目に入った喫茶店に足を運んだ。

案内されたテーブルの隣で、二人組の女子大生が気怠《けだる》そうに何かを話している。今にもあくびが出そうな二人の空気は、きっと長い時間をかけて構築されたんだとわかる。新年早々、呑気《のんき》なものだな、とも思う。

あの年齢ぐらいの頃の私は、何をしていたんだろう。

記憶を遡ろうとして、でも、接続されてしまうのは、やっぱり母との日々のことだった。

半年前、母が事故で死んだ。

夜中に車道に飛び出して、車に轢かれた、とのことだった。

警察は、自殺もあり得るんじゃないか、と言った。遺書も見つからず、思い当たる節もないため、事故、ということになったが、しばらくは、錆《さ》びた金属を胃のなかに押し込むような、悲しみとはまた違った苦しさに襲われた。

母は、八十五を過ぎていた。だからなんとなく、私も覚悟はできていた方だと思う。いつか人は、老いて亡くなる。それが自然の摂理だから、順番的に、次は母だと、残酷だけれど、心のどこかで思っていた。

でも、そんな覚悟なんて、大して意味がなかった。母の人生の終わり方は、車との衝突事故だったのだ。そんなことは、予想しようがなかった。

防犯カメラもドライブレコーダーもなかったから、母の死の真相はわからない。

でも、急ブレーキの痕はしっかりと残っていて、過失であることは間違いないようで、だからこそ、怒りの矛先をどこに向ければ良いのか、わからない。

一緒に暮らしていたら、また違ったのだろう。どうして母を引き止めなかったのかと、自分を責めたに違いない。そうすることすら叶わないから、もどかしい。結局、誰も責めようがないまま、母はこの世界からいなくなった。その事実だけが、静かに目の前に横たわっている。

母に対して、私は、ひとりの子供として、どこまで彼女を愛せただろう。どこまで彼女に愛されただろう。

幼少期の記憶はどれも曖昧で、小さな頃の写真を見ても、そこには過去が事実っぽく写っているだけで、流れていたはずの時間や空気がどんなものだったかは、今更わかりようもない。

でも、母が亡くなって、葬儀の場で親族が母の話をしているのを聞くうちに、思い出した景色がいくつもあった。

母が剝《む》いてくれた果物。

母と一緒に包んだ餃子。

母が助けてくれた公園の水遊び場。

どの思い出も、写真には残っていないものばかりだ。それなのに、どうして母が焼かれた瞬間から、そんなことを思い出したのか。それらへの感謝を伝えることが叶わなくなったタイミングで、なぜなのか。

「なりたいものに、なればええ。それが何回変わってもええから。とにかく、いつも、なりたいもんは心に留めておきなさい」

母は、よく私にそう言った。

それは、専業主婦だった母の、後悔の言葉だったのかもしれない。当時はまだ、女子だからというだけで、結婚後は家庭に入ることが当然とされていた時代だった。

だからこそ、だろうか。母は私に、いつも夢を尋ねた。

「将来、何になりたい？」

そのたび私は、ケーキ屋さんだったり、アイスクリーム屋さんだったり、幼稚園の先生だったり、サッカー選手だったりと毎回夢を転々としたけれど、母はそれを否定することなく、受け入れてくれていた。

「願わなければ、叶わない」

強く願っていると、人はそのために日々行動するから、自然と夢や目標に近づいていくんだよ。だから、強く願うことが何よりも大事なんだ。

その母の教えがあったから、今の私がいると、ようやく思えてきた。

日本を離れて、六年。

洋服を好きになって、大学在学中にデザインの勉強を始めて、遅咲きながら、ずっと行きたかったフランスのファッションブランドで働き始めた。現地でいくつかのコレクションに参加し、そこでしか体験できない緊張と興奮を覚えた。

あの景色を、専業主婦のまま人生を終えた母に、見せたかったのかもしれない。

もちろん、母の口から「人生が不幸だった」とは、一言も聞いていない。何を幸せとするか。その定義は人それぞれでいい。母は主婦の人生を歩み、私は人生を賭けて働くことを選んだ。結果的に、今の私には、パートナーも子供もいない。

母と子、お互いに極端な道を選んだけれど、でも、今の私は、それできちんと幸せだから、そのことを、最後に母に伝えたかったかもしれない。

盆にも正月にも帰らずに、何年も経ってしまった。せめて、手紙くらい送るべきだっただろうか。

全部、今更だ。母はおらず、私は生きている。

隣のテーブルの女子大生の会話が聞こえてくる。

自分にも子供がいたら、あのくらいの年齢になっていたりするのだろうか。

なりたいものに、なればええ。

母の声色を意識しながら、隣のテーブルに向けて、小さく囁《ささや》いた。

19

本当に優しい嘘なら、最期まで暴かれない

あんたが巫女《みこ》なんて、似合わなすぎる。

そう友達に笑われながら、今年の一月前半は、アルバイトのために神社に通う日々を過ごした（正確に言えば、神社でのバイトは「助勤《じょきん》」と呼ぶらしいけれど、実際に働いてもその呼び名に愛着が湧くことはなかったから、私の信仰心ってそのくらいのものなんだろう）。

地元で自分の巫女姿を見られるのはさすがに恥ずかしいと思って、わざわざ隣町まで遠出して働いた。それなのに、どういう巡り合わせか、人生で最も長く付き合った元恋人が、その神社で参拝しているところを偶然見かけてしまったのだった。

彼を見たとき、思いのほか動揺しなかった自分に、ガッカリした。

過去のきれいな恋が、今の汚れた自分を洗い流してくれるんじゃないかと一瞬期待していた。でも、そんな都合のいいように私の心は動かなかった。

少し大人になった彼は、確かに垢抜《あかぬ》けて格好良くなっていた。けれど、それでも今更、数年前の元恋人を見たところで急に胸が締め付けられたりすることもなかった。

過去は、過去。

そう割り切り、今現在の好きな人のことしか考えられなくなる。自分はそういう人間なのだと気付かされた。

「で、その久しぶりに会った元カレと、何か話したの？」

氷が溶けて色が薄くなったオレンジジュースを混ぜながら、裕香《ゆうか》が言った。喫茶店は静かで、さっき私のお母さんくらいの年齢の女の人が入ってきた以外、お客さんは誰もいない。

「いや、こっちは仕事してるし、私の方には、来なかったから」

「じゃあ、見ただけ？」

「うん。お賽銭の列に並んでるところを」

「なあんだ、勿体ない」

口惜しそうに、裕香は紙ストローを咥え直した。

「少し話してみたらさ、いろいろ気持ちも変わったかもしれないじゃん」

「まあ、その可能性もあったかもだけどね。こっち、巫女の格好だったから」

私も二杯目のコーヒーカップに口を付ける。すっかり冷めていて、それでようやく、元恋人はコーヒーが好きだったことを思い出す。

「でも、やっぱり過去は過去ですか」

呆れた様子で、裕香はため息をついた。そして、睨むように私を見た。

「あのさ、報われない恋ばっかりしてると、自分のことどんどん嫌いにならない？」

片手に持っていたスマホを指揮棒のようにして、私に向ける。裕香の言葉が胸を刺した。

「いや、報われない恋かどうかは、まだわかんないじゃん」

自分で言いながら、無茶な回答だとわかっている。報われない恋だと誰よりも実感しているのは、私自身だ。

私はあなたに幸せになってほしいんだよ〜と、親友は私の両手を摑んで軽く振った。

「その男といる時間が、どれだけ刺激的で、楽しかったとしても、日々を安心して過ごせる人を探しなよ。その方が安定するし、きっと幸せよ？」

そう。刺激的で、楽しい。

昨年末に参加した忘年会でたまたま出会ったその人は、人を心地よい気持ちにさせるのがうまい人だった。

誰よりも聞き上手で、いつもうんうんと私の話にとても興味があるように頷《うなず》きながら聞いてくれて、オチに困ると上手に笑いに転換してくれる。いつもそばにいるだけで、自分が面白い人間だと思えたり、可愛く思えたり、賢くなったように感じられる。そういう能力を持った人だった。

彼はそうした自分の強みを、自分で理解していた。私を、いや、私だけでなく他のたくさんの女性も、きっとその魅力を使って、欲しいままにしたに違いなかった。

恋人はいない。付き合ってもいい。

彼がはっきりとそう言ったから、恋人になったつもりでいたのに、家に上がれば大して隠すつもりもないように女の人を泊めた気配があって、そのたび私は確かに落ち込み、それでも彼の前では笑顔を貫き、帰り道になってようやく泣いたりする日々を過ごしていた。

「ただの詐欺師じゃん」

裕香は心底、憎そうに言った。私の頭の中で、彼の笑顔が浮かぶ。

「あれは、フるのが申し訳なくて、そのためについた優しい嘘だったと思うんだけどなあ」

「あんた、いくらなんでも、頭の中お花畑すぎ」

「だってさあ」

「違うでしょ。優しい嘘って、そういうんじゃないよ。もっとこう、たとえば、電車で席を譲る時に本当は目的地はまだ先なのに『次で降りるので』とか言っちゃうとかさ、待ち合わせ場所でずーっと待ってたのに『今来たところ』って言うとかさ、そういうんじゃないの？」

裕香は両手で身振り手振りをつけた。

「少なくとも、本当に優しい嘘なら、最期まで暴かれないハズでしょ」

「完全犯罪みたいな言い方じゃん」

「きっと近いもんだよ。相手を悲しませないように、怒らせないようにしようと考えた結果、嘘つくわけでしょ？」

「うん」

「てことは、大半の嘘は、傷つくような何かを実際にした、その後に生まれることになるじゃん」

うわあ。と、思わず絶望を垣間《かいま》見たような気持ちになった。

「だから、そもそも優しい嘘なんて、ほぼゼロに等しいよ。最期の最期まで隠し通せるなら、まだそれだけの覚悟が感じられるからいいけど。自宅に女の気配や証拠があるって、もう全然、優しくもなんともないんだよ」

コーヒーを見つめる。すると、あの人ではなく、元恋人の顔を思い出した。

彼は、私についた嘘がいくつあったのだろうか？

トイレ行ってくると言って、裕香が席を立った。一人になった席から外を見ると、街には雪が降り始めていた。

20

伝えちゃいけない、愛はない

何がしんどいって、好きな人から現在進行形の恋の話を聞かされることでしょう。

それはつまり、あなたは恋愛対象外です、と正面切って言われているのと同じことだから。

いつもの喫茶店にいた私は、「報われない恋ばっかりしちゃうんだ」と話す栞《しおり》の唇を、ずっと見ていた。聞けば聞くほど報われないエピソードばかりなのに、それでもどこか幸せそうに語る栞は、綺麗で愛おしかった。

私の紙ストローは気付けばボロボロになっていて、どれだけ自分の歯に力が入っていたのか思い知る。

気付いてよ、気付いてよ。いや、やっぱり気付かないで。このままの関係でいさせて。

一日に何度も、頭の中で真逆の願いを抱く。好きな人がたまたま同性だっただけなのに、どうしてこんなにも思いを伝えるのは難しく、叶う確率は低くなるのか。

今、最も彼女の近くにいられているのは私で、でもそれは、あくまでも友人としての距離にすぎない。目の前に敷かれた一線を飛び越えたい気持ちと、どうかこのままで一日でも長く一緒にいたい気持ちが、複雑に絡みあっている。

栞と五時間近く話したあと、一人で家まで帰った。ダイエット中なのに朝から食べすぎたから、今日は罰としておやつ抜き。喫茶店でドリンクをおかわりしてお腹を騙《だま》したつもりでいたけれど、玄関で靴を脱いだ途端に、ぐうと空腹が顔を覗かせた。

こんなに悩んだり悲しんだりしていても、お腹は空くから変だよなあ、と思う。

昨日作った惣菜《そうざい》を温めて、冷凍していたおにぎりも解凍する。電子レンジのテーブルがゆっくりと回っている間、SNSを開いて、いつものアカウントを確認した。

恋愛相談、受付中。

プロフィールには、それだけが書かれていて、アイコンは女性の横顔のイラスト。アカウント名はころころと変わるけれど、ここ三日くらいはずっと「コイワズライ」だ。

このアカウントの中の人を、私は知らない。フォロワー数も五千人前後で、決して有名なアカウントでもない。

でも、なぜかずいぶん前から投稿を見ていて、綴《つづ》られた言葉やたまに届くダイレクトメッセージにたびたび心を救われてきた。今日も、私のための言葉が落ちていやしないかと、そのアカウントを覗く。そして、顔も知らないその人に、助言を求めてみる。

〈絶対に許されない恋をしています。愛しても愛しても、見返りはなく、届く気配もないです。どうしたら報われますか?〉

短い文面を送った。もっと具体的に相談した方が明確な答えがもらえるとわかっていても、あえて抽象的な言葉を選んで送る。それは「あなたの行動は間違っていますよ」と言われる心の準備が、まだできていないからだ。

スマートフォンを伏せて、レンジで温めた食事をひとりで済ませる。この部屋にはもう一年以上、他人を入れていない。客をもてなせるほど広くもないし、自分だけの空間に誰かが介入することに、耐えられなさそうだから。

でも、栞だったら、家に呼んでみたいと思う。いつかこの狭いベッドで、二人きりで見つめあえたら。そう妄想するだけで、何か花のようなものが胸の中で広がっていく。

食事を終えて食器を重ねたところで、スマートフォンが震えた。先ほどのSNSに、新着通知のマークがついている。タップすると、ダイレクトメッセージが開いた。

〈苦しいのが恋で、嬉しいのが愛です。欲しがるのが恋で、与えるのが愛です。これだけ与えたのに、見返りは何もない。そう不満を漏らすのは、貴方が与えたのは愛ではなく、恋だったからでしょう。でも恋は、自分の内面から取り出すことができません。生き霊のように成仏させるほかないです。その方法はシンプルで、相手にはっきりと、想いを伝えてしまうこと。それしかありません。残酷ですが、その結果がどうあろうと、貴方の苦しみを終わらせるには、全てを伝えてしまうしかないと思います〉

痛いくらいの、耳鳴りがした。

この人は、私のことを、どこかで見ているのだろうか？　あれだけ濁して送った相談内容だったのに、その魂胆まで全て見抜かれてしまったかのように、今の自分が最も受け入れ難く、正しい答えが書かれていた。

〈ありがとうございます。少し、考えてみます。いつも本当に助けられています〉

ぼうっとした頭で、どうにか返事を送る。

伝えるしか、成仏する方法はない。自分でも何度も導いてきた答えだったけど、「コイワズライ」ははっきりと、その回答に二重丸をつけてしまった。

つまり私は、やっぱり逃げてきただけなんだ。だとしたら、どうしようか。耳鳴りは止《や》まず、頭の中で鐘が響いている。もう、苦しみ続けて何年だろう？　ふと考えて、あまりに長い時間を栞に注いできたことに気付き、思わず強く目を瞑った。

もう一度、スマートフォンが震えた。

画面には、また「コイワズライ」の文字が見えた。

〈一つ、言い忘れていました。私は、そこに加害性がないかぎり、絶対に許されない恋なんて存在しないと思っています。叶うことはなくとも、伝えちゃいけない愛はなく、許されない恋もないと、私は思います。恋愛感情を抱く人ならば、誰かを好きになることにブレーキはかけられません。それならば、抱えてしまった想いは、どうか誰も傷つけることのないように、見返りは求めず、伝えてあげてください。もしくは、そんな恋は勘違いだと納得できるまで、苦しみ続けてください〉

伝えちゃいけない、愛はない。

その言葉を、しばらくはお守りにして生きようと思った。焦る必要はない。いつか勇気が出たら、伝える。それでもいいのかもしれない。

私は再びお礼を伝えて、スマートフォンを伏せた。

栞の顔を浮かべる。どうしてあんなにも、愛おしく感じてしまうのだろうか。栞もまた、誰かをそんなふうに愛おしく思っているのだと思うと、やっぱり胸はしくしくと痛み、私の心は静かに泣くのだった。

誰かの相談に乗りがちな人は、誰に相談してるんだろうな

「お前、また変なアカウント作った？」

すぐ後ろで低い声がして、針が刺さったように体が固まった。いつの間にか背後にいた先輩が、僕のPCモニターを覗き込んでいる。

「今回はなんだよ」

画面には、僕のSNSのサブアカウントのトップページが表示されている。プロフィールに書かれた文字列は、

〝恋愛相談、受付中。〟

まともじゃないアカウントであることは、一発でわかる。

「仕事じゃねえやつだろ」

「あ、はい。スミマセン」

軽い謝罪の意味を込めた笑顔を浮かべてみるが、きっと僕の顔は真っ赤だろう。くだらねえことすんなよ、と言い残して、先輩は興味なさそうにフロアを出ていった。興味ないんだったらわざわざ口を挟まないでくれと心の中で悪態をついてから、僕はモニターに視線を戻す。

この会社に来て、もう何年だろう。自分でもゾッとするほど重度のSNS中毒をどうにか自己PRに置き換えて、企業のSNSアカウントの運用やコンテンツ制作を行うIT企業に潜り込んだ。

365日。就業時間のほとんどをSNSと向き合う日々。それだけでも心が折れそうなものなのに、どうしてか、僕は仕事以外でもいくつものSNSアカウントを作っては、どんな反応があるのかチャレンジしたくなってしまう。最大で八つのアカウントを運用し、それぞれに別の人格を持たせて、使い分ける。もう十年近く続けているが、今まで一度も、アカウントを間違えたことがなかった。

「やっぱ病的だって、それは」

先輩に笑われたのは、ずいぶん前のことだ。珍しく飲みに連れ出してくれて、何か大事な話があるのかと思いきや、「ただ飲みたかっただけ」と言われた日。

「SNSなんか、フツーはそんなにのめり込んでいられないだろ。ほかに趣味とかないの？」

あのとき食べさせてもらった肉は、本当に美味かった。こんなに美味いものを食べさせてもらえるなんて、なにか裏があるんじゃないかと疑うほどだった。でも先輩は、ただの好奇心で僕を誘ったみたいだった。

「本当にからっぽで、無趣味なんですよ。だからこそ、みんなが考えてることにばかり興味が向いて、ずっとSNSを見てるのかもしれないす」

そう返してから、自分の回答に納得いってしまう。僕は、自分がからっぽだから、いくつもの人格で会話を試みて、心の隙間を埋めようとしているのかもしれない。

ケータイが震えて、我に返る。ここはまだ職場だ。

画面を確認すると、またしても、サブアカウントの一つに、恋愛相談みたいな愚痴メッセージが届いていた。

コイワズライ。昔から所持しているアカウントだけれど、見ず知らずの人から大量の相談や愚痴が届き続けて、今日にまで至る。フォロワー数はそんなに多くないのに、やたらとコミュニケーションを取ろうとするフォロワーが多いのも特徴だった。運営している自分でも不可解なアカウントの一つだ。

——そういうのって、幸せに思えるもんなのか？

飲みの場で先輩が聞いてきたことが、頭をよぎった。

「いろんな人格作って、いろんなやつとコミュニケーション取ってよ、少しだけ相手のことをわかった気になったり、全くわからないままだったり。その繰り返しだろ？　そういうのって、幸せに思えるもんなのか？」

先輩は心底不思議そうな顔をしていた。同じような仕事をしているはずなのに、先輩は僕の気持ちなんて、これっぽっちもわからないみたいだった。

「いや、なんか、考えちまうんだよ。誰かの相談に乗りがちな人は、誰に相談してるんだろうなって」

「誰に、相談」

「うん。お前は、相談に乗ってばっかりで、ずーっと対応してるわけだろ。じゃあ、そのお前の悩みとかは、誰が聞いてんのかな、とかな」

「それってつまり、先輩が僕の悩み相談に乗ってくれるってことですか？」

念のため確認してみると、ぜってーイヤだね、と先輩は舌を出した。

「先輩は、どうなんですか。ＳＮＳアカウント、運用してるじゃないですか」

「は？　そんなの、仕事だからってだけだよ」

先輩はビールを飲み干して言った。

「俺はあくまでも仕事として、そのアカウントと向き合ってるだけ。普段からケータイなんて全然触らねえし、ＳＮＳ自体になんの思い入れもないのよ。だからもう、お前が気の毒だし、羨ましくもある」

なんだかそう言われると、自分が不幸な人間に思えてくる。幸せを高望みしすぎたせいで、目の前の幸福を見落としてしまっているような、寂しい人間みたいじゃないか、と。

「幸せって何なんですかね」

「なんだその、青春じみたセリフ」

先輩が鼻を鳴らして言った。

「いや、改めて言われると、わかんなくて」

お前って、ばか真面目だなあ、と呆れるように言ってから、先輩はテーブルに置かれた伝票を手に取った。

「幸せとかな、追い求めたって仕方ねえのよ。誰かのアカウントを見てれば手に入るわけでもねえし。俺は、最低限の仕事して、飲んだら楽しい仲間がいて、あとは居酒屋やファミレスで好きなものを頼めるくらいの幸せが丁度いいから、それが一日でも長く続くことを願ってる」

だから今日も、お前と飲んでるんだけど。それじゃダメか？　生身の人間はつまらないってか？

アルコールのせいで赤茶けた顔をした先輩が、面倒臭そうに言った。僕はただ首を横に振ることしかできず、その後はまたどうでもいい話ばかりをして解散となったのだった。

〈幸せって、何なのでしょうか〉

丁度、コイワズライのアカウントに届いたメッセージが、それだった。

僕は自分でも答えを見出《みいだ》せないまま、先輩の受け売りの言葉をスマホに打ち込んでいく。

〈居酒屋やファミレスで、好きなものを頼めること、だそうです〉

送信してから、このアカウントはもう消してもいいのかも、となんとなく思った。

22

失敗した人は、挑戦した人

「全然酔ってなくないですか?」

ああ、捕まった、と思った。トイレに行くと言い訳して、初対面ばかりの個室席から抜け出し、外の喫煙スペースで二本目のタバコを吸い終えるところだった。

横に立っていたのは、テーブルの向かいにいた気がしなくもない、短い髪が小さな顔によく似合っている女性だった。

「ああいう場、苦手ですか?」

女性は電子タバコを咥えながら言った。

十二名くらいだろうか。「それぞれ一人ずつ友人を連れてくる」なんて迷惑なルールによって同僚に招かれた俺は、どう見たってその場の誰より年長であり、はっきり言って、浮いていた。ＩＴ業界、たまにこういうのがあるから嫌なんだと、勤めて十五年近くになってようやく後悔していたところだった。これならまだ、同僚とＳＮＳの話でもしていた方がマシだと思った。

「若いうちはああいう雰囲気も楽しめてましたけど、歳をとってくると、勝手に気を遣われて。気ってのは、遣ってる方も、遣われてる方も、疲れるんですよ」

嫌われてもいいと思って、本音をそのまま吐き出した。

女性はフウと白い煙を吐き出した後、「そうかも」と静かな声で言った。

「特に、今日みたいな合コンまがいなテンションになると、なおさらですよね」

「そうそう。あれは、高齢者にはきついっすわ」

あははは、と小さく笑われる。「私もちょっと、もう無理になっちゃったんだなーって思って、逃げてきました」

「え、まだ全然でしょう?」

そう言いながら、横顔を覗き見る。もっと若いかと思っていたが、なるほど、目尻を見ると、歳を重ねてきたぶんの色気があるようにも思えた。

「こんな話されてもって感じでしょうけど、最近、離婚したんですね」

「え？」

「あ、私です」

「あ、そうなんですか」

さっき会ったばかりだし、名前も知らない（自己紹介タイムがあったが、そんなもので覚えられた試しがない）から、結婚していたかどうかなんて知る由もない。どう反応すべきか、判断に迷った。

「子供もいるんですけどね。でも、今日は親に預けて、こうやって飲みに出歩いてるっていう。ふふ。ふふ。割と最悪な親ですよね」

「ふふ、って言われてもなあ」

「ははは、そうですよね、すみません」

「いや、あー、でも」

「でも？」

「自虐してでも、笑い話として昇華したい気持ちはわかります」

おお、と、女性が少し驚いた顔をした。

「そっか、これはそういう気持ちで喋りたくなってるんですね、私」

「いや、俺がそうだったので」

「え、離婚されてるんですか？」

「あ、まあ」

「いつ？」

「八年前」

「え、すごい先輩」

「先輩って」

その言い方はないだろ、と言いそうになるが、まあ事実か。

女性は体をこちらに向けた。同じ悲劇を体験した、同志でも見つけた気分なのだろう。

「わー、どうですか、しんどいですか？　私、去年離婚したばっかりで」

「ああ、どうなんですかね。人によると思いますけど。慣れるかなあ」

俺は、慣れたか……？　空いた穴はそのままに、痛みや虚《むな》しさには慣れたのか？

「お子さんは？」

「一人」

「わ、一緒に住んでます？」

うんと頷くと、女性の目はさらに大きくなった。

「一人で働きながら育てるの、マジで大変じゃないですか？」

「まあ、もう高三だし。求められてるのは小遣いだけで」

えーそうなんですかと、なんだか楽しそうに言われる。

この会話を、早く終わりにしたかった。同じ経験をしていても、環境や心境は人それぞれなわけで。「離婚」というキーワード一つで俺がこの人と同じ気持ちを分かち合えるとは、到底思えなかった。今でも妻のことを考える時はあるし、置いていかれた俺と息子は、ずっと「置いていかれた」という事実を拭えずにいる気がする。でも、そんなことを、離婚したばかりの人に伝えるのは酷ってもんだ。

「まあ、あれですよ。人生は失敗が付きものだし、失敗したらしたで、別ルートの人生が続くだけですよ。そっちで幸せになりゃいいですし、どうにかなりますよ」

適当に背中を押して、本当にトイレに行こうと思った。背を向けようとしたところで、女性が言った。

「でも、失敗した人は、挑戦した人ですよ」

電子タバコをいじりながら、まるで仕事の愚痴でも言うかのようだった。

「そもそも結婚が挑戦なのかもわからないですけど、でも、正解かどうかはわからずに飛び込むって意味では、挑戦じゃないですか。挑戦したから、失敗があるのであって。あ、別に離婚を失敗だって言いたいんじゃなくて、私もむしろこれが正解だって思ったから離婚したんですけど、でも、あー、なんですか」

電子タバコを持つ手をぐるぐると回す。必死に頭を回しているのが伝わってきて、漫画みたいで面白かった。ちょっと何言ってるかわかんないですと茶化してみると、「えー！なんで！　伝わってよ！」と嘆いた。

「まあ、確かに。離婚は、結婚した人にしか経験できないって話だな」

「そう！　私それが言いたかった！」

ん？　そうなのか？　と言いながら、彼女も一緒に店の中へ戻ろうとする。

席に向かいながら、やっぱり離婚家庭は千差万別すぎて、先輩として助言できることは何ひとつないと改めて実感していた。しかし。

失敗した人は、挑戦した人。彼女の言葉に、過去の自分がほんの少し救われたような感覚が、確かにある。

生活するために働いているのに、働いているせいで生活が疎かになる

タバコの匂いを漂わせた男女が、店に入ってくる。新しいお客だろうかと体を硬くしたけれど、どうやら店先で喫煙していただけだと判断する。

ふたりが通り過ぎたあと、急いでトイレに向かう。自分のすべきことを思い出す。

男性用トイレの引き戸を、恐る恐る開ける。すると、鼻を刺すような、強いニオイがする。足元には、ヘドロのように吐瀉《としゃ》物が広がっている。

＊

ボクは、一昨年の夏に、日本に来た。

ネパールは、アジア南西の、ヒマラヤ山脈の麓に位置している。国土の八割が丘陵や山岳地帯だから、農業の生産性が低いことに加えて、内陸国ゆえに、ガソリンなんかを運ぶのも高い。だから、インフラ整備もままならない。

舗装されていない道路も多く、山岳地帯に住む人は、飲み水を確保することも安定的にはできないし、乾季では、首都地域でも一日十時間くらい停電していたりする。

特に若者と女性の就業率が低く、働きたくても、働き口がない。

だから、しっかりと、貧しい。

若者は働き口を求めて、海外に出る。日本にも、ネパールからの留学生がたくさんいる。

ボクも、みんなから背中を押されるように、日本留学を決めた。頭が良くて金があるやつらはオーストラリアやアメリカの大学にいくけれど、そうでないと、ボクのように日本で日本語学校に通う。

日本は、留学生に対して、週二十八時間の長時間労働を認めている。だから、お金がなくても働きながら勉強すれば、なんとか暮らしていける。

雇用があるっていうのは、それだけで素晴らしいことだ。貧しくない証拠だ。

でも、日本に来て、学校に通いながら、アルバイトで二年。

ボクは、想像していた未来とはちょっと違うところに来てしまった気がしている。

昨日も今日も、団体客のうちの一人が酔い潰れ、トイレで嘔吐《おうと》した。

汚れ仕事は、全部ボクが担当させられる。消毒液をかけ、モップで何度も床をこすりながら、頭の中では、今日の給料を計算している。その現場が女性用トイレだったとしても、必ず、ボクの役目になる。そういう立ち位置になって、何カ月だろうか。

「おい、マノジ、十七番テーブルの片付け終わった？」

トイレ掃除を終えてキッチンに戻ると、イザワが怒鳴った。

「何分放置してんだよ。ぼーっとしてんじゃねえよ」

ボクのつま先を踏んで、大きく舌打ちをする。

イザワは、ボクより若いけれど、ボクが店に入ったときには、すでにアルバイトのリーダーとして、ほかのスタッフをまとめていた。

この居酒屋のスタッフに、日本人はほとんどいない。だから、イザワは自分が日本人ってだけで威張っているんだと、同じネパールから来たシタが、前にそうなぐさめてくれた。

吐いたものの処理をボクに押し付けたのも、イザワだ。

ボクがたまたま、店のお皿を一日に三度割ってしまった日があって、それを見たイザワが、獲物を見つけたような目をした。

それ以降、イザワはボクに、死ね、とか、そういう言葉をよく使うようになった。もともと他のスタッフにも厳しかったけど、ボクにだけ、さらに厳しく当たった。

外国人への差別や偏見、いじめは、たまにあると、日本語学校でも教わっていた。だから、そういうものだと受け入れていた。

でも、この店を紹介してもらった頃はネパール人の従業員も数名いたのに、いつの間にか、シタとボクの二人だけになっていた。

*

「やめるって、聞いた？」

「え？」

その夜の営業も終わって、終電を過ぎた街を、シタと歩いているところだった。キッチンで働くシタは、帰り道はいつも油の匂いがすると言っていた。

「誰が、やめるの？　シタ？」

「ううん。イザワ。お店のお金を盗んで、やめることになったって」

「え、本当に？」

日本人でも、お金って盗むのか。というのが、ボクの、最初の感想になった。こんなに豊かで発展した国なのに。イザワは、アルバイトのリーダーまでやっていたのに。

「いつ、やめるの？」

「すぐって。来週には、いないかも」

平和になるね、とシタが企《たくら》んだような顔で言うので、ボクも笑顔を作った。

「でも、イザワは、お金に苦労してないと思ってた」

「わからない。たくさんのお金が、必要になったのかも」

「そうか」

ボクもシタも、今月を生きるぶんくらいのお金しか持っていない。労働時間には制限があるし、勉強もしなければならないから、稼げない。それに、今でも時間が足りない。遊ぶ時間はほとんどないのに、それでも将来や故郷に渡せるお金の余裕なんて、今のところは、全くない。

この国は、確かに豊かだけれど、とても忙しいし、なんだか、余裕がない。

「生活するために働いてるのに、働いてるせいで生活が疎《おろそ》かになる。なんだか、ヘンだよね」

シタはそう言って、星のない空を見る。ネパールは、本当に星が綺麗だった。飲み水を取りに行くだけで一日がかりになることもある国で、時間の流れ方も、空の見え方もまったく違う。同じ星とは、思えない。

挨拶を交わして、シタと、交差点で別れた。

帰りに、コンビニに寄る。日本の男子高校生が、カップ麺にお湯を注いでいる。この国は、蛍光灯の明かりまで、眩しすぎる。

24

どの自分がいいか、他人に決めさせちゃだめだよ

お湯を注いだカップ麺を持ってローソンを出たら、ガードレールに寄りかかっているカホがいた。

「何してんの」

「そっちこそ」

カホも同じコンビニ袋を持っている。ってことは同じ店にいたのか。

「俺は、晩メシ買いに」

カップ麺を軽く持ち上げて、アピールする。カホは露骨に顔をしかめた。

「また食べてんの？　太るよ？」

「太ったことねーもん。ほれ」

片手でTシャツをめくって、腹筋を見せてやる。

「ちょっと。ヘンタイ。露出狂」

「なんでよ。すごいだろ。ほれ」

カホの手を取って、六つに割れた筋肉を指でなぞらせる。ここには結構、自信があるんだ。

「すごいっしょ」

「セクハラ」

「なんでよ」

「筋肉バカなだけじゃん。なんでサッカー部って、すぐお腹見せんの」

「割れてんの、かっこいいじゃん」

「妊婦がお腹見せるのとはわけが違うから。フツーにセクハラ」

「何回言うのそれ」

「自分がおっさんだと思ってみ。それでJKに向けてやってアウトなことは、全部アウトです」

じゃあ、確かに腹を触らせるのは、アウトか？　一瞬、未来の自分を思い描いてみるけれど、だらしないおっさんになるイメージはイマイチ湧かなかった。

「今日、お父さんは？」

カホがレジ袋を漁《あさ》りながら尋ねた。

「あ、飲み会」

「また？」

「うん。好きだよねー」

「え、好きなの？　飲み会が？」

「そうじゃね？　よく行ってるし」

「仕事の人とでしょ？　そういう飲みって、しんどいんじゃないの？」

カホがコンビニ袋から取り出したのはポッキーだった。もう夜八時だ。こいつ、こんな時間にお菓子食うのか。

「知らんし、てか、どうでもいいし」

親父が飲み会嫌いだなんて、考えたこともなかった。週に三か四、多い時は週五で飲みだ。それも、仕事の人とばかり。好きでもないものに、そんなに情熱を注げるか？

「お酒って、そんなに楽しいのかな」

「わからん。でも、酒に頼らなきゃいけないって、もう結構ヤバいメンタルじゃないの？」

好きでもない奴らとの集まりに、俺ならそこまでの頻度では付き合えない。もしも、親父が好きでもないのに付き合っているのだとしたら、親父は相当辛抱強い。だとしたら、もしかすると、俺とも、好きだから一緒に暮らしているわけじゃなく、仕方なく一緒にいてくれているって可能性もある、のか？

「カホは、おかんは？」

一度考えだすと海の底とか宇宙の果てとかまでネガティブな感情が広がってしまいそうで、親父のことを考えるのはやめた。

するると、手に持っていたカップ麺がそろそろいい時間な気がしてくる。

「それどこで食べんの」

「あ、ここで食っていい？」

「いいけど」

地面にカップ麺を置くと、蓋を剝がしてレジ袋にしまう。割り箸を取り出して、早速食った。あつ。うまい。

「んで、おかんは？」

「まだ仕事」

「相変わらず、よく働くねェ」

「女手ひとつで育てるって、きっと大変なんだよ」

カホはガードレールに寄りかかったまま、何本目かのポッキーを咥えて言った。

「男手ひとつも、それはそれで大変そうだけどな」

ふふ、とカホは鼻で笑ってから、「どっちも他人事」と言った。

「だって、わかんねーもん。働いたことねえし」

「だよね。まあ、すぐ思い知らされるよ、きっと」

「そうかなあ」

来年には、高校卒業。そして、その先は、進学か、働くか。

カホも俺も、ひとり親家庭で、家も近所で、小学校から今の高校までずっと一緒だ。だからかわからないけれど、たまに会うとこうやって外で駄弁《だべ》ったり、どっちかの家でゲームをしたりする。

だけど、卒業後のことは、高三になった今でもお互いに明かしたことがない。決めきれていないだけかもしれないし、言うのがなんだか怖くて、口に出せない可能性もある。

大学までは行かせられない。

親からそう言われる可能性が、俺とカホは、周りの奴らよりきっと高い。

「てか、髪、すごい伸びたね」

雲行きが怪しくなったのを感じ取ったのか、カホが、声のトーンを少し上げて言った。

「ああ、もう引退したし。どう？」

「周りから、不評でしょ」

「あ、コラ、てめえ」

あははと、カホが大きく笑ってから続けた。

「いいじゃん？　自分が気に入ってるなら、どんな評判も聞く必要ないよ」

「いや、周りの評価大事だろ？　てか、良くない？　変？」

「私は好きだけど」

「でしょ？　よっしゃ！」

カホに認められるとなんか嬉しい。けど、こいつなら認めてくれそうだと思って聞いてるところもあるから、我ながらそれはちょっとズルい気もする。

「私が似合わないよって言ったら、切るの？」

「え？　あー、わかんね。今は伸ばしたいから」

「でしょ？　いいよ、それで。どの自分がいいか、他人に決めさせちゃだめだよ」

そう言いながら、カホがポッキーを一本くれた。髪型も人生も一緒だな、なんて言おうとしたけど、小っ恥ずかしくなって、やめておいた。

どの自分がいいか、他人に決めさせちゃだめ。じゃあ俺の将来も、俺が決めていいのかな。そればっかりは親父に聞かなきゃわからない気もするし、なんだかこうして悩むのもバカバカしく感じて、俺はたぶん人生で初めて、早く大人になりたいって思っていた。

25

大抵の喧嘩は、先に謝った方が勝ち

退屈な人生だなあと、職員室に向かいながらぼんやりと思った。やりたいことなんて全然浮かばないし、仮に浮かんだとしても大体は叶えられないものだって薄々わかってるし。やらなきゃいけないことは期末試験の勉強だけで、その勉強も、もう赤点さえ免れればいいやってハードル一番低い状態で跳ぼうとしてる。

退屈。退屈。退屈。

高校生になったらもう少し華々しい生活が送れると思ってた。よく漫画やドラマで見るみたいに、女三、男二とかの五人組仲良しグループができて、学校サボってみたり、みんなで遊園地行ったりするものかと想像していた。

実際は、話せる男友達は少なく、おもしろキャラの女友達もおらず、なんらかの全国大会で優勝、みたいな一芸に秀でたクラスメイトもおらず、私も大して可愛くならず。この、ものすごく平坦で平凡で凡庸な青春時代よ。

卒アル用の集合写真を撮ったのが、先週だった。

その日くらいは気合いを入れようと早起きして髪を巻いてみたのに、なんでか思うようにキマらなくて、結局ただ寝癖がすごい人みたくなって、写真に写ったことを今でも激しく後悔してる。やっぱりああいうのは、前々からきちんと準備しておくことが大事。

でも、それよりも後悔しそうなのが、隣で一緒に写った美雪《みゆき》と、派手に喧嘩しちゃったことだった。それも、ものすごく些細なきっかけで。

大抵の喧嘩は、そういう些細なきっかけから始まってるって、両親の離婚の経緯を見て学んでたはずなのに、やっぱり私にも母さんの血が流れてるからか、カッとなった時は言いたいこと全部言っちゃって、どうしようもない状況を作り出したりしちゃう。それでは早速、親友の美雪にぶつけてしまった暴言をどうぞ。

——あいみょんにでもなったつもりかもしれないけど、アンタみたいに取っ替え引っ替え男を弄んでるような女に、愛嬌《あいきょう》がないとかどーのこーの説教されたり恋愛感語られたところで、こっちはＴｉｋＴｏｋのしょーもない恋愛アカウント見てるくらいの気分にしかならないのよ。

半笑いにしながら言ったそのセリフで、あんなに美雪が怒るとは。

いや、今考えても、ずいぶん鋭いパンチラインを繰り出してしまったとは思うんだけど、でも、もう高校生だし。まさか泣きながら猛反発されるってのもね。そもそも発端は、頼んでもないのに美雪が、私に説教を始めたからだし。

「なんでカホに彼氏できないか分かったー。なんか遊びとか誘われてもさー、全然楽しそうな顔しないからじゃんー。いっつもなんか睨んでるような感じだし。アレじゃない？アイキョウ。アイキョウがあればきっとすぐ男も寄ってくるってー。ほら、サッカー部の池上《いけがみ》とかさ、幼馴染みなんでしょ？あいつ、ちょっと芋っぽいけどイケメンだし、サッカーうまいし、言うことないじゃん。ねえ、サッカー部の落とし方、教えてあげよっか？筋肉だよ、筋肉。腹筋とか褒めたら、すごい喜ぶんだから。男って馬鹿だよね。でも腹筋は確かに魅力的ではあるから、わかるっていうか」

ぶん殴ってやろうか。

イライラしながら、職員室の扉を開けた。思ったよりも大きな音がして、先生たちの目が一斉にこちらを向いて、恥ずかしい。

失礼しまーす、なんて言いながら入ったけれど、やっぱり美雪の言う「アイキョウ」がないから、空気が和らぐことはない。いそいそと担任のアケミちゃんのいるデスクまで、クラス全員のノートを運んだ。

「あれ、カホ、なんかあった？」

「へ？」

アケミちゃんは私と十五歳も離れてるのに、いつも担任と生徒って関係より近い位置で、私の話を聞いてくれる。そうだ、退屈な青春だけど、担任の先生だけは素敵だったな、なんて、アケミちゃんの顔を見ながら思う。

「なんか、怖い顔してるよ」

「え、うそ、出てる？」

「出てる、出てる。全然隠せてない」

「恥ずいんだけど」

「いや、そこがカホのいいとこだよ」

目尻を細めながら、私が集めたノートを一冊ずつめくっていく。

「何、進路の悩み？　それともなんかあった？」

「いや、別に、なにも！」

「うーそだあ。言いなよ。ラクになるよ」

「えー」

ラクになる。美雪とのこと、ラクになりたいのかな？　私は。

自分の本心すらもよくわからないけれど、壁打ちするにはちょうどいいかもしれないと、アケミちゃんに美雪のことを話した。こっちは真面目に伝えたつもりなのに「はー、おもしろ」なんて言うもんだから、やっぱり話さなきゃよかったと早速後悔しかけてる。

「しょーもない喧嘩だからこそ、仲直りも難しいってこと、大人でもありがちよ」

アケミちゃんは、ウンウンと嬉しそうに頷きながら言った。

「でも、だからこそね、さっさと美雪と和解した方がいいよ。世の中、時間が解決できないものも、たまにはあるからね」

「じゃあどうすればいい？」

「謝りなよ」

「えー向こうが先でも？　私、悪くなくない？」

「カホは、自分が一パーセントも悪くないと思う？」

「いや、それはさすがに、そうは思わないけど」

「じゃあ、謝ろう。覚えておくといいよ。大抵の喧嘩は、先に謝った方が勝ち」

アケミちゃんの茶色くて大きな瞳が、私を捉える。前に目が綺麗だって褒めたら、「実はカラコンなんだ」ってこっそり教えてくれた、秘密の瞳。

まあ、勝ち負けなんて本当はないんだろうけどさ、と笑いながら言うアケミちゃんを見て、あ、退屈な青春だけど、教師になる未来は悪くないかもな、とふと思った。

26

これが性欲のせいだなんて思いたくない

怒ったのは、傷ついたからだ。

怒りの感情が生まれる前、必ずそこには悲しみや痛みがあって、それに反発するために人は怒る。だからつまり、私はカホから言われた言葉に傷ついたし、悲しんだってことだ。

「男を取っ替え引っ替えしてる」

ただそれだけの悪口。それだけのはずなのに、こんなに引っかかるなんて。自分の中で、大きなコンプレックスになってたみたいだ。

池上の、つまり、カホの幼馴染みの、サッカーで鍛えられたゴツゴツとした体が、ゆっくりとのしかかって、現実に引き戻される。

池上の重みと肌の温もりが、今にも息が止まりそうなほど苦しくも思えるのに、生まれたばかりの生命のような愛おしさも感じられて、泣きそうになってくる。

カホの、幼馴染みの男。その体が、私の中に入ってくる。いっぱいに広がって、そこから、ゆっくりゆっくりと動く。頭も体も心も、池上でいっぱいになる。すごく熱くなった体から、汗が滴り落ちてきて、それが私に触れるたび、内側からはち切れそうな悦《よろこ》びが生まれてくる。

この時間。この爆発の連続のような瞬間が、ずっと続けばいいのに。そしたら私は、カホから言われたことも、これまで散々私を抱いて逃げていった男たちのことも、全部忘れられるから。

乱暴なはずなのに心地よい。そんな不思議な波に呑《の》まれて、溺れかけたところで、池上は果てた。あと少しで何かが見えそうな、もしくは何も見えなくなってしまいそうな、そんな宇宙に近づいた気がしたのに、辿り着く前に池上が、私から離れていった。

「ぎゅってしてて」

両腕を広げると、そこにもう一度、池上の体が乗っかる。

取っ替え引っ替えどころか、付き合ってもいない、男の体。

どうして十代にして、高校生にして、私はこんなにも愛を信じられず、冷めたまま熱く、飢えているのだろう。刹那の快楽だけを心の拠《よ》り所にして、貴重な時間を削り捨ててしまうのだろう。

「美雪さ」

耳元で、低音の籠もった声がする。

「俺、ちゃんと付き合いたいんだけど、ダメ?」

もう、池上と体を重ねるのは二度目だった。どちらも私から誘って、親のいない時間を狙って、この部屋に呼んだ。できるだけシンプルに、それでいて男が冷めない程度に女っぽさも混ぜた部屋。清潔感を大切にしているくせに、ベッド下には避妊具が常備された、私自身みたいにイビツな部屋。

その部屋に、池上の声だけがする。

「付き合うまでに値しないから、こんなふうに突然呼び出されてるのかもしれないって、毎回思うけど。でも、俺は美雪を、独占してみたい」

「独占って」

「ひとりよがりな言い方かもだけど、それが一番、しっくり来る。守りたいとか、好きとか、いろいろあるけど、単純に、こうやって付き合ってもない男とフラフラとしてる美雪の、帰る場所になりたいから、つまり、一番になりたいし、独占したいのかなって」

わがままだ。わがままなのに、どうしてか、私がかけてほしい言葉はこれだったんじゃないかって勘違いしそうになって、思わず気を引き締める。

「賢者モードで言わないでよ」

「いや、確かに事後だけど」

「ベッドの上での告白と約束は信じるなって、保健体育の授業でやったよ」

「嘘だろ、それは」

「……私とセックス、気持ちよかった？」

そこで池上は、私のすぐ横に転がって、自分の目元を腕で塞いだ。一緒に横に並ぶと、池上の鼻は意外と高いのだと気付いた。

「気持ちよかったけど、そこじゃない」

雑巾の最後の一滴を絞り切るように出された声は掠《かす》れていて、その声がどうにも切実そうに聞こえた。

「やっぱり、ほかの男に渡したくないって思った」

私の手を握りながら、池上は続けた。

「俺の幼馴染みと仲が良いとか、周りからあんまりいい噂聞かないとか、いろいろあるんだけど」

「正直に言い過ぎ」

「でも、この家に向かう途中、本当にドキドキしてた。学校で見かけるたび、ドキドキしてる。これが性欲のせいだなんて思いたくない。恋であってほしい。恋であると決めた」

だから、付き合ってほしい。

池上がそう言って、なぜか私は、猛烈にカホに会いたくなっていた。いま会うべきはカホで、きちんとカホに謝らなきゃいけない。池上と付き合うことへの罪悪感じゃなくて、ただ親友として、まずは彼女に言ってしまったひどい言葉を謝るべきなんだ。

それから改めて、池上と、この男と付き合うかもしれない事実を、カホに話そう。そうすべきだ。

きっとカホは、悲しむし、怒るだろう。もしかしたら、許してくれないかもしれない。でも、池上を大切にすることは、きっとカホを大切にすることと近くて、そしてそれは、私自身を大切にすることなんじゃないかって、そんな予感がした。何より、私と池上が付き合うことを、カホが池上や私以外の第三者から知るのは絶対におかしいって思えた。

「カホに、会ってくる」

「え？　今から？」

すぐに服を着だした私に、池上は慌ててみせた。

「いや、そんな修羅場みたいなことしなくていいよ。俺から言っておくよ」

「ううん、あんたの話をしに行くんじゃないの」

「じゃあ何」

「謝らなきゃいけないことがあって」

「なんで今なの」

「なんとなく！」

池上の見事な腹筋に、Ｔシャツを投げた。早くカホに会いたい。それだけが、頭の中を埋め尽くしていた。

27

成就しない夢こそ、成仏しづらくできている

職員室の窓から校庭を眺めていたら、女子生徒二人の姿が見えた。

あれは、カホと美雪じゃん。

二人の距離は遠すぎず、近すぎず、どこか不自然で、記憶を辿れば、ああ、前に喧嘩してるって言ってたっけ、と思い出す。

「青春だなあ」と、声に漏れていた。

それで自分が、熱い友情や恋の当事者からは、ずいぶんと離れていることに気が付いた。

――好きな人には、好かれないんだよなあ。

いつだったか、ヒロという男と二人で、早朝の国道を歩いていたときだった。ヒロの手

にはコンビニ袋がぶら下がっていて、私は小さなカバンすら持っていない。目的地は、さっきまで一緒にいた、ヒロの家。朝食を買ってこようと、二人でコンビニに向かった帰りだった。

「人生って、そういうもんだよねえ」

ヒロがなぜだか嬉しそうに言って、私は、不愉快でしかなかった。どんな脳の構造をしていれば、私が告白した翌朝に、そんな呑気で残酷なセリフが出てくるのか。

朝まで泊まって、やることはやって、今から一緒に朝食まで食べようとしてるっていうのに、私の気持ちに、ヒロは決して応えようとしてくれなかった。

あの国道の朝。珍しく空気がひんやりとしていて、その冷たさが私の心そのもののようで、やっぱりどこか寂しかった。

「俺も、好きな人に好かれたことはないよ」

なぐさめにもならないようなことを言われたあの日を最後に、ヒロとは会わなくなった。コイツとこのまま居心地良い関係を築いても時間の無駄だって思って、教員試験の準備に没頭することにしたんだっけ。

あれが、最後の恋、らしきものか？

ずいぶんと思い出に埃《はこり》を被《かぶ》せていたことに気付く。

生徒から恋愛相談を受けるような、距離の近い教師になりたい。そんな意識の低い夢を持って、高校教師になったはずだ。しかし、いざ夢を叶えてみると、圧倒的に時間がない。ひとりが抱えるべき業務量はとっくに超えていて、部活の顧問を受け持つようになった今年からは、さらに余裕がなくなった。

気持ちに余裕がなくなると、恋愛相談も進路相談も、生徒一人ひとりに向けられる情熱の量が減っていく。最近は、ついぼんやりと話を聞いてしまいがちで、こんなんで大丈夫か、と不安にすら思う。

二十二時。スーパーで割引された惣菜を買って、帰宅する。

玄関のドアを開けると、狭い廊下にいくつも積んでいたＡｍａｚｏｎの箱がドサドサと雪崩を起こして、行く手を塞いだ。その先のリビングの小さなローテーブルの上には、ポストに溜め込まれていた手紙類が分別もされずに積み重なっている。

疎かになった生活。それらを意識してしまうと、ドッと疲れが押し寄せてくる。まだ明日の授業の準備もできていないのに、食欲よりも睡眠欲がまさって、ソファに身を委ねた途端、瞼《まぶた》が半ば強制的に降りてくる。

ちょっと、休みでももらって、どこかに行こうかなあ。

心の声を他人事のように聞いていると、ぶぶぶ、とスマートフォンが震えた。

急いで体を起こす。画面に表示された名前も見ずに、電話を耳にあてた。

「はい」

「……寝てた？」

どこかで、聞いたことがある声だ。少し懐かしい。でも、すぐ近くにいるような。

慌てて画面を見る。そこに表示されていたのは、ヒロのフルネームだった。

「何、めずらし。どうしたの？」

「いや、何してるかなーって」

「えー、何年ぶりかの連絡で、それ？」

「そうなんだけど。でも今日、なんか、急に思い出しちゃって。それで、ダメもとでかけてみた。番号、変えてないんだね」

ヒロも今日、私を思い出したの？　なんて一瞬、運命めいたことを考えそうになって、いやいや、もうこんなクズとは距離を取ろうと決めたんじゃないかと、自分を奮い立たせる。おかげで目が覚めてきた。

少しの沈黙の後、「元気？」と再びヒロが尋ねた。

「うん、元気。そっちは？」

そう返しながら、ついさっきまでまるで元気をなくしていた自分を思い出す。電話越しに車が通り過ぎるような音が聞こえて、ヒロが外にいるのがわかる。

「今、帰り?」

「そう。仕事」

「何してんだっけ」

「映画関係」

「あれ? 転職した?」

「お、よく覚えてるね」

「うん。人材業とかで、真面目にスーツ着るって言ってた」

「そうそう。そこ、やめちゃった」

「なんで?」

ほんの少し、沈黙が聞こえて、今度はコンビニの入店音がする。電話したままコンビニ入るなよ、とツッコみたくなる気持ちを抑える。

「やっぱり映画、撮りたいなって」

「ああ、そっか」

そうだったね。こいつ、本当に映画が好きだった。

「目指すことにしたの、すごいね」

「おお。遅咲きもいいとこ。十代の頃から動いてた奴らとは、レベルが違いすぎるよ」

「とっくに諦めて、社会の歯車になることを受け入れてく人が多い中で、すごいよ」

励ましてほしいわけじゃないんだろうな、と思いながら、ヒロが挑戦していることがなんだか羨ましくて、気付けば褒めている。私、好きだった男に甘すぎるな、とリアルタイムで落ち込む。

「成就しない夢こそ、成仏しづらくできているみたいだよ」

ヒロの声は落ち着いている。私は、教師という夢を叶えて、その先でどうしたいんだっけ。

お弁当、温めますか、という店員の声が聞こえて、ヒロもまだ夕飯を食べていないんだろうと察する。こいつ、本当に頑張ってるんだ。埃を被るほど古い記憶が、ハッキリと塗り替えられていく。

もうすぐ、二十三時。さっさと夕飯を済ませて、私も残りの仕事を片付けようと思った。

「ありがと」と伝えると、「何がよ?」とヒロが言った。

28

夢も恩も、呪いになったら終わりだよ

バイトして、現場行って、バイトして、現場行って。

それを、何日繰り返した？　きちんと眠れた日は、いつが最後だ？　思い起こそうと頭を回転させる。そうでもしないと、すぐに眠りこけそうだから。

眠たい。とにかく眠たい。

駅から家までが、遠い。金がなくなると思って家賃三万のボロアパートに越したら、毎日最寄り駅から二十五分歩くことになった。

帰巣本能が人よりも乏しいのだと思う。

先輩に飲まされて、泥酔した帰り道、道の端で眠ってしまったことがあった。翌朝、警察官に起こされて初めてその状態を知って、財布を見れば、中身だけ綺麗に抜かれていた。

少し、休ませてください。

そう願っても、口に出すことは絶対にしないだろう。「だって、自分で選んだ道だろ?」と、冷たく諭されて終わりだからだ。

俺は、新卒で入った人材派遣の会社をやめて、半ば強引に映画制作の現場に入った。単純に、昔から映画が好きで、作る側になる夢を、諦めきれなかったからだ。

でも、三十を過ぎての再スタートは、思っていた以上に厳しかった。軽い気持ちで入ったつもりはないけど、今日まで何度も何度も、気持ちは踏み躙《にじ》られ、心は折られそうになった。

「現場で足引っ張ってるやつが、監督になんてなれるわけねえだろ」

そう言われるたび、とにかく「諦めないこと」をひたすら自分に言い聞かせて、今日までやってきた。努力賞なんて存在しないことくらい、わかってる。だから、結果を出すまでは止まらないことを、自分に課してきた。

アパートに着くと、そのままベッドにダイブして、朝まで眠った。いろいろ限界で、何も考えたくなかった。

夢さえ見ずに朝を迎えた。寸足らずのレースのカーテンの向こうで、ゴミ収集車が動いている音がした。

腕がやけに痒《かゆ》くて、よく見れば、二の腕までびっしりと蕁麻疹《じんましん》が出ていた。

「なんだ、これ」

声に出して、初めて喉の痛みも自覚した。頭も何かで殴られたように熱くて、痛くて、ちょっとやばいって思ったら、目眩《めまい》が始まって、そのまま、倒れた。そこでようやく、とっくに限界だったんだって気付いた。次に目が覚めたら、もう病院のベッドの上だった。

「だいじょぶ？」

その声で、意識がはっきりと戻り、横を見れば、昔、付き合うとか付き合わないとか、そういう話になる手前の関係になった、暁美《あけみ》がいた。

「何があったか、覚えてる？」

深刻そうにこちらを覗き込んでいた。カーテンと点滴とベッドの感覚から、ここが病院だとはわかるけど、どうしてここまで運ばれて、どうして暁美がいるのか、わからなかった。

「連絡くれたの。夜中に電話してくれて、そのあと、今朝になって、もう一度。それで、どうしようもなさそうだったから、救急車呼んで」

「それで、病院？」

「そう。お医者さんは、たぶん過労じゃないかって。大丈夫?」

胸の中で針が暴れるような感覚が走った。思い出してしまった。

「今、何時?」

「四時」

西日が射している。半日近く、倒れてたらしい。

「バイト。すっぽかした」

「そんなこと?」

暁美が横で笑った。

「いや、やばいって」

「大丈夫だよ、倒れちゃったんだから。ヒロ、そういうとこだけ几帳面《きちょうめん》だね」

「いや、大事だろ、バイト。代わりいないし」

「何のバイトやってんの?」

「ガソスタ」

「ガソリンスタンド?」

「うん」

「最悪セルフでもどうにかなる」

「そんなことねえから」

必死に否定すると、暁美がまたケラケラと笑った。バイトだからって、舐められてると思った。

「映画の仕事は？　休める？」

「今日はないけど、休めない」

「じゃあ、せめて今日はゆっくり休もう。点滴入れて、しっかり寝よう」

久々に会ったせいか、そう言って布団に軽く触れた暁美が、やけに大人びて見えた。学校の先生やってんだもんな。あの頃とは雰囲気が違って、少しまるくなったように思った。

暁美は俺の顔を観察するように見た。

「大変な世界だと思ってたけど、本当に大変なんだね」

「ううん。違う。自分で選んだ道だし、苦労してんのも、自業自得なだけ」

「それ、夢追い人が言いがちなやつ」

夢追い人って響きに、ムッときてしまった。「別に夢追いとかじゃねえし」と小さく返したところで、暁美は気にする様子もなく、続けた。

「夢も恩も、呪いになったら終わりだよ。体や心を破滅に向かわせるような夢なら、それは夢なんかじゃなくて、呪いだよ」

私は、生徒たちにはそう教えてる、と、暁美はなんだか悔しそうに、下唇を噛んだ。俺はうまく言葉が出てこなくなって、代わりに頭の中で、自分の映画を作りたいという想いは、夢なのか、呪いなのかを考えていた。

「諦めたくない夢があるのはいいことだけど。夢のために命を捨てるようなことは、絶対にしないでね」

諦めろ、とは決して言わない、ギリギリな優しさが、かえってしんどかった。だけど、その言葉こそ今の自分が一番求めてたものなんじゃないかって、心が湯に浸《ひた》るように温かくなっていくのも感じた。

礼を伝えると、暁美は小さく頷いて「そろそろ帰るね」と言った。病室は、静かでまっ白で、自分には綺麗すぎると思った。休んでしまったバイトのことと、明日から始まる撮映のことを思うと、このまま死にたい、という気持ちと、まだ生きたい、という願いが、心の中で揺れているのがはっきりとわかった。

29

とりあえず、生きましょう

「死にたいって言葉はよ、つまり『この苦しみからさっさと解放される方法が死なのだとしたら、それにすがりたいくらいしんどい』って言ってるわけで、実は大事な補足部分をわざわざ隠した言い回しなんだろうな」

同僚の外科医である山本《やまもと》が、コーヒーを注ぎながら言った。

「逆に言えば、それは『生きたい』って言ってんのと変わんねえと思うわけよ。手っ取り早く苦しみから逃れられる方を選ばせてくれ、そっちに進ませてくれって言われてるだけだから。治るんだったら、もちろんそれに越したことねえわけよ」

ストレスからだろうか。山本の腹は、最近また一段と前に出た気がする。以前は「この腹のおかげで相手が油断するし、陽気なデブは愛されやすい」と持論を語っていたけれど、医者の不養生を絵に描いたような太り方では、さすがに患者への診断も説得力に欠けるのではないか。

そんな山本とは、かれこれ十年の付き合いになる。大学の頃から互いを見知っていて、職場まで同じ人間というのは、僕には山本くらいしかいない。だから、他の先生方には言いづらい悩みや愚痴も、すべて山本にぶつけるようにしている。

――患者から死にたいって言われたときって、どう返せばいいと思う?

それが、僕が山本に尋ねた質問であった。

先週末、この病院に緊急搬送されてきた男性が、「死にたいな」と、確かに言った。手術を必要とするほど大きな怪我《けが》や病気があるわけではなく、点滴をして一晩しっかり休めばそれなりに回復する程度の軽症だった。その男性が、回復してきたところでまさかの発言をしたのだった。

主治医として役割を全うするために働きはするが、こうした軽症患者との会話にどこまで付き合うべきか、すぐに効率面を考えてしまう。だが、独り言に近かったとはいえ、患者が「死にたい」と口にしたなら、そこには精神科医ではなくとも、寄り添うのが医者の役目というものだろう。

病院で軽々しく死にたいとか言うんじゃないよと腹の内側では苛々《いらいら》していたが、実際に怒れなかったのは、僕だって不幸や苦労が重なれば思わず「死にたい」と呟いてしまう瞬間があるからだ。

感染症が院内に広がりまくって何日も帰れなかったときも、七年付き合った恋人にフラれたときも、やっぱり軽々しく「死にたい」と口にしてしまっていた。件《くだん》の患者は、映画の制作会社で働いている、と話していた。映画業界には詳しくないが、おおよそ過酷な労働環境であることは想像がつく。あの患者も、おそらくはいろいろなストレスを受けて、思わず口から漏れてしまった限界の一言が、それだったのだろう。

「で、お前は、なんて答えたの?」

山本はズズズと音を立てながらコーヒーを飲んだ。

「いや、まあ」

「なに?」

「お気持ち、わかります、って」

「ゼロ点すぎるじゃねえかよ、医者がそれじゃだめだろ」

「いや、わかってたんだけどさ」

咄嗟《とっさ》の返しが苦手なことが、内科医としては致命的だと、いつも思う。医者は腕だけ良ければそれでいいと思っていた時期もあったが、基本的には、やはり、人と人でできた仕事なのだ。勉強ができても社交的にはなれなかった僕にとって、日本人同士でも言語の壁は厚かった。

「愚痴や悩みを聞くコツは傾聴と共感とかよく言うけどな、そんなの、時と場合によるんだよ」

「わかってるって。でも、どう答えていいかわかんないでしょ、いきなり言われても」

いや、本来、外科医も内科医もその言葉をかけられやすい仕事とも言えるから、用意しておくべきなのかもしれない。実際、患者が治療や闘病を続けるなかで、不意に心が折れてしまう瞬間に立ち会ってしまうことは、過去にも何度かあった。

「そんなの一個に決まってんだろ」

「なに？」

「生きましょう、でいいんだよ。この仕事やってる以上、それしか正解ねえんだから」

「生きましょう？」

「ああ。『とりあえず、生きましょう』って、俺は絶対にそう言ってる。絶望してる患者に言葉なんて無力かもしれないが、生きてりゃ、必ず何かがある。いいことだけじゃない。悪いこともちろんある。でも、なんでもいい。好きな食べ物に出会う、好きな歌手が新曲を出す、新たな趣味ができる。何か、その人にとってポジティブに思える出来事が、生きてる限りは起こり得る。ゼロにはならない。みんな、そのために生きてると思ってる。だから、いつだって答えは『生きましょう』だよ」

あまりに明快な回答に、口が開いてしまった。

きっとこいつは、僕以上に何度も、「死にたい」を聞いてきた人間なんだろう。

日常なんて、ひたすらしんどい。逃げろって言っても、どこに、どうやって逃げるのか。言葉はどうにも無責任になりがちで、それでも僕らは、何かを伝えないといけない。山本はそのことをわかっているからこそ、最低限の前向きなメッセージだけ伝えているのだろう。

「僕も、そう言うようにする」

「え、パクんなよ、お前」

どこかうれしそうに山本が言った。

「まあ、みんな、しんどいよな。いろいろあるし。てか、本当にいろいろあるもんな。びっくりするくらい、予想もできないことに巻き込まれたりするし。人それぞれに地獄見てるってことだけは、どんだけ忙しくても忘れずにいたいよな」

そう言って、山本はまたコーヒーカップに口をつけ、音を立てて啜《すす》った。とりあえず、お前はダイエットから始めたらどうだと、僕は茶化した。

30

みんな、勝手に勇気をもらってるだけ

日曜日の総合病院は、静かだ。俺は車椅子をゆっくりと進めながら、低くなった自分の視線を憎むようにして、天井が高くなった世界を見る。

「病室」って言葉が、そもそも嫌いだ。なんだか、自分が病の塊となって、世界から隔離されてるような気分になる。だから、あんまりベッドにはいたくない。

とはいえ、リハビリ室にもあんまり行きたくない。あそこはなんだか、暑苦しい。希望を押し付けてくるようで、面倒臭い。こっちははっきりと絶望しているのに、無理やり立ち上がらせようとしてくるからしんどい。

パタパタとスリッパの音が聞こえてきたかと思うと、看護師さんが駆けてきた。探したよ、心配したよ、と声がする。

「頑張らないと。今が大事な時期なんだから」

体育会系の熱血的な看護師が、またいつもと似たようなセリフを吐く。

俺は知ってる。頑張っても、頑張らなくても、結局自分はもう、手遅れなんだって。

＊

その時はただ、ふざけていただけだった。

部活の帰りに公園に寄って、友達と時間を潰していた。高校の近くの公園には横に広い階段があって、その階段を、何段目から飛び降りられるか、仲間内で競うのが流行ってた。その日も、友達と何度か飛んで、遊んでいた。それで、部活のサッカーの疲れもあったのかもしれないけど、八段上から飛び降りたとき、手前の段差に足を引っ掛けた感触があって、着地に失敗して、派手に転んだ。

足首が、曲がっちゃいけない方向に曲がっているのが見えた。もう、明らかにだめだって、そんな角度だった。

うちの代の引退をかけた公式試合が、近かった。着地に失敗したぐらいで大袈裟《おおげさ》な怪我になるなんて思ってもいなくて、頭の中は真っ白になったり、真っ黒になったりした。

近所のおじちゃんが駆けつけてくれて、人生で初めて、救急車に乗った。

手術になって、終わって、話を聞いたら、もう過度な運動はできないし、階段の上り下りも、苦労するかもしれない、と言われた。

サッカーがやりたくて、高校を選んだ。それなのに、少なくとも高校卒業まではサッカーはできないって、そう断言された。

そんな人生に、もう頑張りどころなんてない。

頑張っても意味がないし、頑張るだけ無駄だ。

俺は看護師さんを適当にあしらって、ロビーフロアに向かった。

日曜日は、ここが一番静かだ。なんだか広い洞窟の中にいるみたいだった。

車輪を回しながら売店に向かってみると、新聞紙を抱えた店長と、目が合った。

「ああ、どうも」

店長の挨拶に合わせて俺も軽く頭を下げる。すると、店長は何か思いついたような顔をして、店にあった缶コーヒーとコーラを取り出し、コーラを俺に渡した。

「少し、サボるから。そこの椅子まで」

こちらの拒否権はなく、店長はそのまま待合用の椅子に向かった。

乾杯を促され、言われるとおりに缶をぶつけると、店長の脇に挟んでいたスポーツ新聞がばさりと椅子の上に落ちた。

一面に、パラリンピックのメダルの数のことが書いてある。

店長が、その大きな見出しを見て、悲しそうに言った。

「メダルの数だけで誇るの、やめてほしいよなあ」

俺は黙ったまま、紙面を見つめた。

「出場しただけですごいし、負けた試合だって接戦だったり、そこまでの果てしない努力があったりするのに、まるで無視だ」

「まあ、そうすね」

「応援している方は、負けた試合でもしっかり感動したりしてるのに、マスコミの負けを許さない、認めないって空気がもう怖いよ。そう思わない？」

微糖と書かれたコーヒーの缶を思い切り傾けたあと、店長は尋ねた。

「でも、スポーツやってる方は、負けたらつまんないす」

「あ、そりゃあそうか」

「ただ、勇気をもらったとか、そういうの勝手に言われるのは、ダルいっていうか。今も、頑張ったらみんなが喜ぶから、みたいな空気が、超めんどくさいっていうか。ほっとけって思う」

店長は目を細めて、そりゃあそうだ、と小さく言った。

「アスリートもアーティストも、本当は、自分を裏切らないために頑張っているのであって、テレビやスマホ画面の向こう側にいる人たちに向けて、勇気や希望を与えるために頑張るなんて、そんなのは綺麗事っていうか、１００％の本心ではないはずだよ。受け手がみんな、勝手に勇気をもらってるだけ」

「ですよね」

「うん。知らないけど、僕はそう思う」

店長は、もう一度缶を傾けて、コーヒーを飲み干した。

「でも、その一方でさ。この店だって、午後になればガラガラなんだけど、たまーに昼ごはん食べ損ねた人とかが、おにぎりいくつか買って、少し嬉しそうに帰っていったりするのよ。そういうのを見るとさ、なんかこっちも、勝手に元気もらえたりするんだよな」

「なんで？」

「うーん。あ、この頑張ってた人のために、今日の自分がいたんだなあって思えるから、かなあ？」

「そんなもん？」

あまりイメージがつかず、つい首を傾けてしまう。

「そんなもんだよ。俺も、君も、自分のために動いてるけど、それがいつの間にか、勝手に誰かの元気に変わってたりするもんだよ」

だから、自分のためでいいから頑張れよ、と店長は僕の肩を軽く叩いて、店に戻って行った。

静かなロビーは冷えていて、アルミ缶がいつもより冷たく感じる。

あの暑苦しいリハビリ室が、今ならちょうどいいくらいかもなと、少しだけ思った。

31

天職は見つけるのではなく、気付くもの

「遠藤《えんどう》くん、そろそろ上がってー」

バックヤードから店長が出てくるなり、僕の後ろを通りながら言った。店長からはどんなときもおっさんとしか言いようのない匂いがして、僕はこの瞬間、息を止めて数秒数える。

「まだ、働けますけど」

「いやー、お客さんも来ないから。人件費、もう少しうまくやれって上から言われちゃってて」

それより、アンタのサボり癖をどうにかしてくれよ、と思いながら、拝むように両手を

合わせた店長を見た。指紋だらけの丸メガネの奥に、人の良さそうな瞳がある。

「もうちょっと繁盛したら、働かせられるようになるから」

繁盛って言っても、お店に来る客の大半が入院患者か見舞いに来た人で、そのほかも大抵、医師か看護師。総合病院の中にある売店は、どれだけ忙しくても駅前のコンビニには足元にも及ばないし、そもそもこの店が繁盛するよう願うってことは、人の病や怪我を願うのと同じような意味な気がして、ちょっと後ろめたさが残る。

医療関係者だけじゃない。葬儀屋とか、墓石屋とか、「命」の近くで働く人たちって、みんな、どんな気分なんだろうか。やっぱり少しずつ、後ろめたさを抱いているものだろうか。

「じゃあ、お先に失礼します」

頭を下げると「はいお疲れー」と、店長の陽気な声が聞こえた。

昼間でも薄暗い従業員通用口から、病院を出る。もうすぐ春が近い。そういう空気がある。

僕にも、冬の終わりは来るのだろうか？

＊

——そろそろ、また働いてほしくて。

母さんからそう言われたのは、三カ月前のことだった。

それまで僕は、前職で精神的に病んでしまったことを理由に、ほとんど部屋から出ない暮らしをしていた。過労と心労でやつれていく母親の姿は見ていられなかったが、現実から目を背けることだけは得意だったようで、働いてほしい、と直接言われるまで、その状況から抜け出すつもりもなかった。

だって、本当は今ごろ、僕はぬくぬくと大学生活を満喫しているはずだったから。

「お父さんから、お金が振り込まれなくなっちゃってね。実は、それを当てにしていたところがあって……。申し訳ないんだけど、大学は諦めてもらえる？」

その一言から、僕の未来は、想像もしていなかった別ルートに切り替わった。

高校二年の夏。まがりなりにも進学校といわれる学校にいたはずなのに、僕の大学受験は「金銭的事情」という覆しようのない事実によって、あっけなく断念することとなった。

卒業後は、すぐに働き始めた。高校卒が就ける仕事なんてたかが知れていて、職場への通勤距離や給料を考えた結果、古くなった家電製品や粗大ゴミなどを回収・解体する会社に就職した。

最初の半年は、そこそこうまくやっていた。でもその後から、いじめに遭った。先輩社員とフリーターの人がグルとなって、僕に重たい荷物だけをひたすら持たせて、休憩時間も与えられなくなった。

体は丈夫だった。先にダメになったのは心だった。

ある朝、急に電車に乗れなくなって、駅のホームで朝食を戻した。その日から、一度も出勤することができず、あっけなく退職することになった。

一年と経たずに、会社を辞めた。部屋に籠もった僕を見て、母さんは前よりもっと寂しそうな顔をするようになった。それからしばらく、療養という言葉に甘えてダラダラ過ごして、社会から取り残される感覚が日に日に強くなった頃、ようやく次の職として就いたのが、今の病院の中にある売店でのアルバイトだった。

店自体が七時から二十二時までしか開いておらず、ラッシュに合わせて混雑することもほとんどない。対人関係を絶っていた自分にはちょうどいいリハビリと思って働き始めたものの、今度は早上がりばかりで、退屈が目に余る。

なんというか、「ちょうどいい」がない。

すごく忙しかったり、人間関係がキツかったり、逆に暇すぎたり。自分の適性や体力、嗜好《しこう》にマッチした天職なんてものは、やはり簡単には見つからないものなのだろうか。それともこれは、大学卒であれば見つかったもの……?

そっと、家のドアを開けた。今日は休みの日だった母さんが、ダイニングテーブルについて、発泡酒を飲んでいる。

「おかえり。早いね？」

「人件費削減だって」

「え、クビってこと？」

「まさか。早く帰ってくれって」

「なんだ、いい職場じゃない」

「いや、稼げないよ、これじゃ」

僕も同じ缶酒を冷蔵庫から取り出すと、母さんの向かいに座った。

「なんか、ちょうどいい仕事ってないもんかなあ。ラクで、稼げて、退屈ではなくて、人間関係も良くて」

プルタブを起こしながらそう嘆くと、母さんは軽く笑ってから、うーんと唸《うな》る。

「天職は見つけるのではなく、気付くものだと思うけどね」

「……どゆこと？」

「ラクではない、けど稼げる。給料が安い、けど楽しい。社内の人間関係は嫌、だけどそれ以上にお客さんが好き。みたいな。全部が一番じゃないけど、働いてるうちにその職場の魅力に気付けて、そこで働く自分も好きになる、みたいな感じ。最初から完璧はあり得なくて、結果的に、嫌だと思うことが減っていくことの方が、現実的だと思うけど」

「じゃあ、母さんは天職についいてんの？」

「まさか」

豪快に笑われた。じゃあ今の話はなんなんだよ、とツッコもうとしたが、母さんの顔は、ほんのりと赤い。昔は酒飲みの母親が嫌いだったけれど、こうして同じテーブルで飲むようになってからは、なんだか共犯者になれた気がして、嬉しくもある。

「まあ、労働って全般、めんどくさいから。お金稼ぐための手段ってだけで、割り切るのも手だよね」

また笑いながら、母さんは飲みかけの缶で乾杯を促した。僕は無理やり納得させられたような気がして不満に思いながらも、母さんのそれに応える。また体壊すようなことだけないようにね、と、付け加えられた言葉だけが、じんわりと耳から心を温めた。

32

絶望したとき、誰が頭に浮かびますか?

「息子さん、よかったですね」

日が昇る前の桃色がかった空を見ていたら、片倉《かたくら》くんが私の肩を抱きながら言った。きっと、私が息子のことを考えていると思ったのだろう。残念ながら、不正解だけれど。二人でホテルにいるときは、子供の話をしないでほしい。前からそう思っていても、なぜか片倉くんには言えずにいる。片倉くんは、空気を読む、というスキルが著しく欠如していて、容赦なくこちらの領域に踏み込んでくるから、今更彼にそのことを責める気にもなれない。

昨夜も、ベッドに入るまでは子供の話ばかりしていた。総合病院の売店で働き始めて、少しずつ元気になってきたとか、そういう話。だから、片倉くんが勘違いしたのも仕方ない。

実際は、全く違うことを考えていた。考えていたというか、気持ちが真っ白になって、ただただ押し寄せる虚無と、静かに向き合っていただけだった。

「里佳子《りかこ》さん、少し、痩せましたか?」

私の返事がなかったからか、片倉くんは掠れた声で、心配そうに尋ねた。

「運動してないから、筋肉が落ちただけ。あとは、年のせいかな」

窓の方に体を向けたまま答えると、片倉くんの筋肉質な腕が、後ろから縛るように私をきつく包む。

「痩せても太っても素敵ですけど、無理だけはしないでくださいね」

ホテルから見えるビル群は、日の光に照らされることを怖がっているように見えた。幹線道路を走る車はすでにうるさいだろうけれど、ここにいる限り、その喧騒も聞こえない。

「寂しい人生」

「……そうですか?」

ほぼ無意識に漏れてしまった言葉が、片倉くんを惑わせている。むしろ、惑わせたくてそういう言葉を口にしているのかもと、自分を恥じた。

「なんでもない。ただ、仕事も人生も、なかなかしんどいなあってね」

笑ってみせる。朝になったら、また働きに出なければならない。今日は会議ばかりの一日で、そのスケジュールを頭に浮かべるだけで憂鬱だった。

片倉くんは頬を私にくっつけて、

「全部サボって、ここにいてもいいですよ」と言った。

彼は、今日もここを仕事部屋にして働くようだった。私はいまだに彼がどんな仕事をしていて、どんな生活を送っているのか、具体的なことをほとんど知らない。こうして気まぐれに抱き合う関係がもう何年も続いているのに、だ。

仕事の関係で出席したパーティで、たまたま紹介された年下の男性。それが片倉くんだった。あのときは挨拶限りで終わると思っていたのに、いつの間にか飲み仲間となり、いつしかお互いの体を求める関係になった。

片倉くんはそっと私から体を離すと、カウンターに置いてあった煙草を口に咥えて、それに火をつけた。ちょうどライターに火がつくタイミングで、スマートフォンにセットしておいたアラームが鳴った。

着替えて、部屋を出る時間だ。

「服、持ってきますね」

「ありがと」

空気は読めないが、気は利く。私より十五も年下の彼がこうして自分に尽くしてくれているのも、なんだか不思議だった。

「里佳子さん」

「うん？」

片倉くんが、私の洋服を一式、ベッドに置きながら言った。

「里佳子さんは、世界や人生に絶望したとき、誰が頭に浮かびますか？」

「え？」

下着を穿《は》こうとして、手が止まる。この人は、唐突に何を聞いてくるのだろう。

「もしも、そのときに誰も浮かばなかったら、それが寂しい人生ってことなんだと、僕は思います」

「ああ」

そうか、さっき私が「寂しい人生」と口にしたことを、気にかけてくれていたのか。

「僕は、人生に絶望したとき、里佳子さんの顔が浮かんだんです。まだ死ねない！　とかの強い感情ではなく、ただ単純に、里佳子さんに助けてもらいたいと、そう思ったんです」

片倉くんは、真っ白なインナーシャツを着ながら言った。

確かにそうだった。この人は、当時付き合っていた恋人にひどい形で裏切られて、その上仕事も望まぬ形で退職を迫られてしまって、ボロボロになったときに、それまでただの飲み仲間だった私に全てを打ち明けてくれて、酔いの勢いもあって、この関係が静かに始まった。

「まさかそこから、こんな親密になるとは思わなかったですけどね」

傷を誤魔化すような笑顔。それが好きで、私もこの関係を続けることに嫌悪感を抱かなくなったのだろう。

「だから、里佳子さんが何かに絶望したときも、よかったら、僕のことを思い出してほしいです」

そんな言葉をかけられて、私は、どうしたらいいのだろう。

下着を穿き、カットソーに袖を通しながら、考える。

「うん」

と答えながら、でも、本当に絶望したとき、私は、どうする？

頭に浮かぶのは、やっぱり自分の子供のことだった。まだ一人で生きていけるほどの稼ぎも体力もなさそうなあの子がいるうちは、私は、絶望を許されない。

それに、片倉くんは、私が死んだら悲しんでくれるかもしれないから。

ずいぶんシンプルで、軽率な答えだった。でも、次の「意味」が見つかるまでは、羽を休めるための止まり木のように、彼の言葉に甘えて生きてもバチは当たらない気がした。

「やっぱり、仕事行ってくる」

さっさと荷物をまとめると、「いってらっしゃい」と片倉くんが甘い声で言った。

絶望したとき、私が頭に浮かんだのは、あなたじゃない。でも、その言葉のおかげで、私は大切なものを思い出せた気がする。そういう意味を込めて、「ありがとう」と背中越しに伝えて、部屋を出た。

33

泣かせてくれて、ありがと

フルリモートでOKだって言われたから今の職場を選んだのに、何かとオフィスに呼び出されることが多いのはマジでなんなの？　しかもその内容がメールか電話一本で済むようなやつばっかりだからさらに腹が立つ。それもこれも最近上司になった片倉って人のせいだ。あの人が本当に会社に来ないから、部下である私が便利に使われてしまう。私が業務委託だから舐められてるんだろうか。それとも、私が女だから？

今日だって緊急と言われてオフィスに行ってみれば、五分とかからずに解決できるシステムエラーが一つ待ち受けているだけだった。本っ当にくだらない。一度しかない私の人生なのに、こんなふうに雑に消費されていくのかと考えると、途端に靄《もや》が掛かったように、目の前の景色が曇る。

それで耐えきれなくなって、トイレに駆け込んだ。何度か深呼吸を繰り返してから頭に浮かんだのは、高校時代から互いを支え合ってきた、親友の顔。

千枝《ちえ》に、すぐ会いたいって思った。

〈平日に変なこと言うけど、暇してない？　ストレス限界なんだけど〉

〈ナイス。私も抜け出したい気分〉

即レスくれる親友に感謝。〈いつもの店で〉と千枝が言って、私はそのメッセージをお守りみたく抱えて、オフィスを出た。

いつだったたか、千枝が会社の同僚の男をいわゆる「推し」のように扱って、大変な目に遭った話をしてくれたっけ。アレももうずいぶん前のことだけど、私たちはそうやって何かあるたび、何気ない居酒屋を行きつけの店にして、いろんな話をしてきた。

今日もきっと、しょうもないねって笑い合うような夜になるんだろうって、そんな気がしてた。でも、店に着いて、千枝の顔を見て、その予想が外れたことにすぐ気付かされた。

疲れた顔をしてたのは、私じゃなくて、千枝の方だった。今にもヤバそうな、うつろな表情で、千枝は席に座っていた。

「何、どうしたの、大丈夫……？」

私が心配されたかったのに、この様子は、攻守交代しかない。

付き合いも長いけど、千枝がここまでしんどそうにしているのは、初めて見た。

「ちょっと、大変だった」

「うん。大丈夫。ゆっくり話して。話せるとこだけでもいいから」

おしぼりと水を運んできた店員さんがいなくなるのを待ってから、千枝はポツリポツリと話し始めた。

「私、ちょっと前に転職して、すぐ管理職になったって言ったじゃん?」

「ああ。覚えてる。やりたくないって言ってたのに、なったやつ」

「そう、それ」

三カ月前くらいだろうか。女性がほとんどいない職場だから、強制的に管理職にならされたのだと、千枝はその時もこの店で愚痴っていたっけ。

「やっぱ、大変?」

千枝は目を瞑って、大きくゆっくり頷いた。あまり具体的なことは話したくない、という意思表示にすら思えた。

「向き不向きって、絶対にあるじゃん」

「あるね。あるある」

「私は、部下を叱るのが苦手」

「あ、苦手そう。てか、怒ったとことか、ほとんど見たことないし」

そこで初めて千枝は小さく笑って、でも、自虐を越えて自傷するような笑い方を見ても、こっちはまったく笑えなかった。

「完全に、板挟みになってる？」

もう一度頷いた千枝の口元から、深いため息が漏れた。

「戦力になんて程遠い新人を、二人も当てられてさ、急に目標数字なんて背負わされて。それ片付けるのも、後輩の尻拭いするのも、全部私で。そのタイミングでさあ、新人、めっちゃ得意先怒らせちゃって、しかもそのまま、逃亡して、退職しちゃったんだよね」

「はあ？」

想像を、軽く超えてくるじゃん。

「それはちょっと、千枝のせいじゃないよ、絶対に」

「ね。そうだけど。そうだけどさあ、責任の所在って言われたら、私に降りかかるじゃん。教育どうなってんだーって」

「でも、そんなのさあ」

大きなため息と共に、千枝の体が、少し震えた。

「引き継ぎもなんもできてないし、顚末書も書かなきゃだし、ほんと、最悪で」

いつの間にか、千枝の目に、涙が浮かんでいた。あまりに悔しいのだろう、奥歯を嚙み締めているのが、前に座っていてもわかった。

「千枝」

テーブルの上に出ていた右手を、両手で包む。

「ぜーったい悪くないって。あんたはなーんも悪くない。だから、耐える必要ないよ、そんなの」

言いながら、なんでか、励ましてる私も泣けてきた。

「私、管理職とか言われて、強くならなきゃって必死だったけど、本当は」

掠れて、消えてしまいそうな声だった。でも、私は千枝の言葉を、一つも聞き逃さないと誓って、耳を傾けた。

「ずっと、逃げたかったし、泣きたかった」

盛大に鼻を鳴らしながら、千枝が言った。

泣くと鼻が赤くなるのは、学生時代から変わらない。私は千枝の頭に手を伸ばすと、まっすぐな髪をくしゃくしゃくしゃに撫でた。

「泣いたら負け、みたいなこと、強いてくる世の中だもんね。女も強くあれ、みたいなさ。

そんなん、男も女も、みーんな弱っちいに決まってんのにね」

私も鼻をぐずぐず鳴らしながら、千枝の髪を撫で続ける。少しでも早く、親友の苦しみが溶けることを願って。

「カヨコ」

「ん」

「泣かせてくれて、ありがと」

指先に、千枝の涙の温度が移って、でもまたすぐに冷えていく。

涙が途切れたところで、今度はなんだか恥ずかしくなって、二杯だけ飲んでから、一緒に店を出た。

いつの間にか辺りは暗くなっていて、夜風がどうにも心地よい。耳に溜まっていた水が抜けるように、体の内に溜まっていた膿《うみ》が流れた気がする。

ぐるりと回って、辺りを見回してみる。塞ぎ込んでいた午前中より、視界はずいぶんとクリアだ。

「今度、旅行でもしようよ」

千枝が言った。私は大きく頷いて、親指を立てる。

「大賛成。嫌なこと全部置いて、さっさと逃げ出すぞ」

「いいね。バスツアーとかにしようよ。めちゃくちゃ渋いやつ」

想像するだけで、楽しそうだ。

私は千枝の肩を抱いて、とりあえず、旅行まで生き抜こうねと伝えた。

34

それでは、みなさん、良い旅を

目的地まで、あとどのくらいだろうか。

窓の外は雨が降っていて、標高のせいか、それとも低い気圧のせいか、少し頭痛もする。バスは時に激しく揺れながら峠道を進み、頂上にある展望台を目指している。麓には濃い霧がかかっていて、その分厚い白さが、自分の憂鬱と重なっているように思えた。

こんな天気じゃ、気分も晴れっこないか。

なんとなく、景色がいいところに行きたくなって、大学を休んで観光バスを予約した。半日コースで、街を一望できる展望台まで連れて行ってくれるとのことだった。しかし、雨粒は大きくなっている気がする。山の天気は変わりやすいというけれど、晴れに向かう可能性もあるのだろうか？

　窓から視線を戻すついでに、バスの車内を見渡してみる。

　歳の離れたカップルらしき男女。歳のいった母親と娘。車椅子で来ている男子。外国人の男性。一時期テレビでよく見かけていた子役にそっくりな女の子。業界人っぽい男の人や、だいぶ疲れた様子の女の人。

　平日の昼間だから、のんびりと老後を過ごすじいちゃんばあちゃんばっかりかと思ったら、意外とそうでもなかった。みんな、仕事や学校が休みか、それとも休暇を取って来てるのか。いずれにしたって、日常から逃げたくて集まった人たちってことか。

　そう考えると、気が楽だった。

　たったひとり、鬱屈とした気持ちを抱えていると思っていたけれど、実際はこうやって多くの人が、一緒に逃げてくれてる。

　とん、と背中を軽く叩かれる感覚があって、シートの隙間から後ろを覗く。

　女の人がふたり、さっきから仕事の愚痴を言い合いながら、スナック菓子を食べていて、そのうちの一人と、ふと目が合った。

「あ、ごめんなさい！　さっきから私、シート蹴っちゃってますよね？　あ、これ、よかったらどうぞ！」

お酒の匂いが届いた。顔を赤くした女の人が、ポッキーの袋をぶらぶらと揺らした。

「あ、大丈夫です」

「え、断られたんだけど」

「ちょ、カヨコ、言い方」

ポッキーをくれたその隣の人まで、二人して顔が真っ赤だ。

「あの、ほんと、お詫《わ》びですので」

申し訳なさそうに笑みを浮かべて、今度はその人も一緒にポッキーの袋を差し出した。

「あ、じゃあ」

いただきます、と言って、それをひとつ受け取る。

……なんか、修学旅行みたいじゃん。

そう思ったところで、バスがちょうど、駐車場に入った。広い敷地には似たようなバスが五、六台停まっていて、本当の修学旅行中と思われる高校生らしき集団が賑《にぎ》やかにその周囲に集まっている。

「到着しました。展望台へ向かう際には、駐車場の右手をまっすぐお進みください。出発は十五時ごろを予定しております」

少し前までタクシードライバーをしていたというバスの運転手が、流暢《りゅうちょう》にアナウンスした。

「天気が崩れておりますが、もしかすると、辛抱強く待てばそのうち晴れるかもしれません。お足元にはご注意いただきまして、お気をつけて行ってらっしゃいませ」

扉が開き、ステップを降りる。冷えた空気が、車内で縮こまっていた体を刺激した。展望台と書かれた看板を目指して、足を進める。頭痛はするが、気分が悪いほどじゃない。風が強いせいか、頭上の雲の姿がどんどん変わっていく。

「なんかこれ、晴れそうな気がしない？」

ポッキーをくれた女の人たちが、はしゃぎながら僕の横を通り過ぎる。私、晴れ女なんだよね、と意気込む声がする。

跡を追うように歩いていくと、木製の手すりがついた、大きな展望デッキに着いた。

しかし、やっぱり、なにも見えない。

上空にも、足元にも、濃い霧と雲と、森。せっかく二時間近くかけて辿り着いたのに、このザマである。自分の人生はいつもこんな感じだから、おおよそ予測はついていた。辛抱強く待てば、と運転手は言っていたけれど、この状況じゃ、さすがに厳しいだろう。

十分と待たずに、踵《きびす》を返すことにした。濡れるのも嫌だし、あとは土産屋でも見学して、バスの中で寝ようと、足を進めた。

そのときだった。

「あ、晴れそう、晴れそう!」

遠くから、ポッキーの女の人たちの声。

振り向くと、空からはしごが降りるように、太陽の光が強く差し込んでいた。

「思ったよりも早く、晴れそうですね」

いつの間にか、僕のすぐ横に、バスの運転手が立っていた。レインコートまでちゃっかり着込んでいる運転手は、かなり高齢に思えた。

「旅は物語のようで、必ず始まりと、終わりがあります。今回は荒れ模様の旅ではございましたが、最後にきちんと晴れてくれると、なんだかそれだけで、報われた気がしますね」

笑顔に釣られて、僕も口角を上げる。すると、強い風が吹いて、雲も霧も、みるみるその姿を小さくしていった。

わーっと、あちらこちらで声が上がる。目の前に、薄く雪化粧した山々と、小さくなった街並みが広がっている。

あの一軒一軒に、暮らしている人がいる。働いている人もいる。バスに乗っていた人たちにも、それぞれの人生がある。何度考えても、不思議なことのように思える。

傷ついているのも、悲しんでいるのも、自分だけではないと知る。しかし、それは、だからといって「お前も頑張れ」って意味じゃないこともわかる。
みんな傷ついていたら、その傷に、それぞれの傘があればいい。
そういうことな気がする。
帰り道は静かだった。バスが、僕の街に帰り着く。
アナウンスの最後に、運転手がマイク越しに言った。
「それでは、みなさん、良い旅を」

本書は雑誌『anan』(2022年3月〜2024年2月)の連載に加筆、書き下ろしを加えまとめました。

KATSUSE MASAHIKO

カツセマサヒコ

1986年、東京都生まれ。

Webライターとして活動しながら2020年『明け方の若者たち』(幻冬舎)で小説家デビュー。2021年には川谷絵音率いるバンドindigo la Endの楽曲を元にした小説『夜行秘密』(双葉社)、2024年には長編小説『ブルーマリッジ』(新潮社)、短編小説集『わたしたちは、海』(光文社)を刊行。ラジオ TOKYOFM「NIGHT DIVER」(毎週木曜28時〜)ではメインパーソナリティも務める。

X→@katsuse_m、Instagram→@katsuse_m

装画
タカラカオリ

装丁
albireo

傷と雨傘

Kizu
to
Amagasa

2025年1月16日　第1刷発行

著　者　カツセマサヒコ

発行者　鉄尾周一

発行所　株式会社マガジンハウス
〒104-8003 東京都中央区銀座3-13-10
書籍編集部 ☎03-3545-7030
受注センター ☎049-275-1811

印刷・製本　株式会社リーブルテック

ISBN978-4-8387-3307-1 C0093

マガジンハウスのホームページ
https://magazineworld.jp/

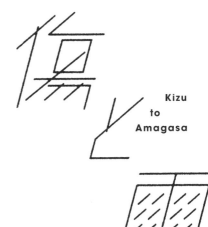